Huis clos

Moi, A.D., l'exalté

suivi de

Les métamorphoses du vide

Arthur Duval

Huis clos
Moi, A.D., l'exalté
suivi de
Les métamorphoses du vide
Recueil

LE LYS BLEU
ÉDITIONS

ISBN : 979-10-422-8184-7

Quel est donc cet autre à qui je suis plus attaché qu'à moi, puisqu'au sein le plus assenti de mon identité à moi-même, c'est lui qui m'agite ?

Moi, A.D., l'exalté

Dans un passé pas si lointain

Parenthèses fermées

J'ai beau chercher, mes rides sont tenaces,
elles descendent tels des rideaux
tombant sur la devanture des magasins,
lorsque le chaland s'enfuit en son repaire de la nuit.

Mes rides tombent de fatigue ou de peur,
peut-être les deux à la fois, que sais-je…
Pourtant, je me dois d'exister encore un peu,
pour trouver ce que je cherche depuis longtemps.

Mais, en ai-je encore le temps ?
Tout s'assombrit, tout va vite, trop vite.
Mes heures sont des secondes et elles filent,
laissant couler leur fluidité au sablier de ma vie.

Qui est-il, l'invisible qui me suit,
qui partage avec moi mes souffrances ?
Qui est-elle cette inquiétante étrangeté berçant mes nuits,
deuxième peau adultérine
noyant ses effluves aux pores de mes repos ?

Je ne sais pour l'instant et de vouloir savoir épuise l'être premier, celui qui s'est donné aux premiers instants de mon monde, laissant l'être second, celui que je veux
connaître, ce double dérangeant ou arrangeant peut-être, ce mystérieux inquisiteur,
ce fourbe régent, diriger la demeure de mon corps usé.

Je ne suis plus libre en ma demeure, roi déchu, couronne fondue, en un boulet transformé, privant ainsi mes quartiers libres de la beauté de leurs espaces.

Une voix au loin, prise en un vent d'ailleurs, s'évertue, de langueurs monotones en balancements cadencés, par la récurrence de ses propos et la ténacité de son vouloir, à me rendre plus fou que les pantins, fous de ces rois moyenâgeux, dansant tels des cabris, cadençant par leurs sauts le hoquet stomacal de leurs maîtres bouffis d'aise et, par leurs pitreries, le rire de leurs obligeances avinées.

Le fil de mes idées s'étiole comme celui de l'araignée sous l'assaut de la pluie lorsque dame nature pleure.

Mes joues sont mouillées et mes rides emplies au ras de leur déversoir, comme les polders hollandais sous leurs pluies centenaires, font de mon visage comme un miroir sans teint.

Je m'endors, du moins le pensais-je, et mon sablier éteint son décor de paillettes, qui sont heures mortes, comme autant d'étoiles au firmament soufflées.

Première nuit

En ce matin étrange, tout doucereux, quoique dur déjà, je me déshabille de ce derme de nuit pour m'habiller d'ailleurs.

Oh ! je le connais cet ailleurs, enfin… je pense le connaître ; il est l'endroit de cette voix qui m'assaille, voix sans contours, ni de velours, ni de tantale, mais pourtant me mettant au supplice : comme lui à qui se refusaient fruits et eau qui, inévitablement, se mettaient hors de sa portée, cette Voix, par ses charades et ses énigmes, me laisse loin de mon contentement.

ELLE est si oppressante par ses arcanes secrets, difficilement perceptibles et compréhensibles, qu'elle inhibe les bruits alentour me rendant sourd… à la vie d'ici-bas.

Me viennent alors à l'esprit embué, comme émergeant de mes fibres anémiques, tels un jeu d'écriture se révélant, « sentiment palimpseste », quelques mots, quelques phrases, presque une litanie de demandes non pas à l'instant lancée, mais au
contraire émanant d'un temps lointain lorsque mon corps premier s'aventurait, ingénu bout de chair au cœur palpitant, déjà excipient de mes principes actifs, dans la fuite de Chronos et de ses filles, mes heures.

Qui est-il ou quel est-il ? ÊTRE ou non-Être ? Contenant ou contenu ? Intrinsèque fluide ou extérieur vie ?

Il me suit, son ombre est mienne, mon ombre le recouvre. Il marche dans mes pas et j'erre dans les siens. Sitôt je vis, sitôt il respire.

Faut-il que je meure pour qu'enfin il disparaisse ?

Suis-je en train de sombrer dans la folie ou suis-je né avec elle, en mes efflorescences corporelles ?

Ces mots résonnent comme autant de cloches des pâques d'antan. Ma Pâque est-elle là ? Ce chemin de calvaire est-il sans fin ?

Suis-je enclin à paraître au seuil de mes Limbes, quitter le feu de ma folie pour celui de mon Enfer ?

Et ces mots résonnants, comme, dans les églises de ma jeunesse, les chants vespéraux, aux murs de pierre, s'accrochaient, pour faire danser le roc devant le tendre et l'humble s'épanchant, ces mots, je les chante maintenant :

Vers quel ailleurs ?

« Vers quel ailleurs m'estomperai-je, vers où
Enverrai-je mes fragments, mes brisures d'un
Temps, tant malin, se dérobant, comme bambou
Se balance au vent et pourtant se maintient ?

À quel endroit dresserai-je les grands tréteaux
De ma nouvelle scène, dernier *epos*,
Ultime trait de la péripétie des mots,
En ma saynète qui fut *mimesis* d'*Eros* ?

Sur quel astre sombre coucherai-je mon flanc,
Pour le voir pourfendu par la lance spectrale
De la Parque tenant la barque du néant,
Et ma dépouille raide et mon oubli fatal ?

Je sais, je retournerai d'où je suis venu,
À nouveau ectoplasme parce que je suis
Né déjà d'une ombre en l'astre parvenu
À générer mon tout en atomes concis.

L'ailleurs est un présent que nous offre le temps,
Pour que l'être défunt ait sépulture digne,
Une alcôve où embaume une fleur d'encens,
Une senteur d'encens dans un vase d'abîme. »

Suis-je à mon tour pantin de rois désincarnés ?

Me voici chancelant, pitre ou clown d'un soir. Ces mots, c'est moi qui les bafouille, en un chant… tête lourde suspendue à un plafond si loin, les pieds dansant sur un sol mouvant.

Cette voix s'est tue, mais je sais, je le sens, qu'au détour de mes heures filant comme pollens au vent en mes anciens printemps, elle viendra hanter les couloirs de mon temps.

Mon sablier, sur le bord de mon âme, dort déjà.

Pour lui, tout est réglé comme du papier à musique, ses notes, il les susurre au temps choisi, et il les feutre au temps voulu.

Pour moi, tout va toujours trop vite, mon papier est buvard et mes larmes s'y noient.
Je m'endors ; je mens : dors est pour celui méritant dans l'effort, alors que moi, j'erre et ne me sens pas fort.

Je suis fatigué pourtant, alors…

Deuxième nuit

Le matin se dessine sans soleil ni chaleur.

La Voix au loin est là, dame, elle ne m'oublie pas. Elle gémit impatiente, comme la promise d'un amant se refusant.

Je voudrais la fuir en un grand tout jamais. Mais ce matin et celui de la veille sont jumeaux dans le verbe chantant à mes oreilles et dans les gestes que je jette là au supplice du temps.

Je ME ressemble. Je ME reconnais dans cette semblance. Un miroir, dans la futilité de son reflet, jette le vrai. Rien ne se cache, tout se sait. Je ME sais donc ; si je ME sais, je suis le fil de mes pensées. Je SAIS, je SUIS, donc je PENSE.

Mais, miroir, dis-moi que l'image en ce piètre reflet est la mienne, et non celle de cet impromptu gêneur qui s'immisce, s'intègre, qui ME décide, qui EST pour MOI, qui SAIT ce que je ne peux qu'imaginer, que m'inventer dans ma solitude.

Je NE SAIS DONC ? JE NE SUIS DONC ? Alors, JE NE PENSE PAS ? Je hais sans le connaître le problème posé, mais je l'ingère pourtant bien au-delà de moi en attendant la solution, une solution…

Il est dur de vivre les pieds dans un huis clos, enchaînés sur l'évanescence du temps mourant et la tête prise dans un miroir pleurant ces derniers bouts de glace, comme l'hiver abandonne au printemps ses derniers flocons.

Je suis un Autre, j'en ai peur… Non, je ne le veux, je ne le peux.

LUI est cet Autre que je voudrais connaître pour mieux le désarmer afin de me survivre.

Vivre enfin une vie, pas deux.

Laisse-moi, catalyseur de mes instants.

Chasseur en mes terres sans permis, c'est ma propriété depuis ma naissance, ma venue en ce monde ; tu n'as pas le droit d'exister, pars, aux vents mauvais, va te confondre ; à ces vents, jettes-y tes voix malsaines.

Sois Autre en ton monde, laisse-moi, Moi, en le mien.

Pourtant, inexorablement, Dame Voix se rapproche, drapée en son ouate, nimbée de ses étoiles ; elle me cherche, me veut. La folie est en moi, pluie de glaces épaisses dans mes firmaments morts, et cette Voix maudite, en mon huis clos si clos… déclame ses volutes de vocables.

Mais, l'impromptu de tous ses cris toujours faisant écho, porte-t-il en ses entrailles la vérité des mots… ? La vérité de mes maux ?

Je cherche en mes souvenirs cette ancre invisible, ce lien ténu, pourtant fort, du moins le professé-je, avec mon Alpha.

Puisque mon Oméga tremble sur son assise, puisque les mots d'un Autre s'étalent en mes gènes, je souhaite, comme baume correcteur, de cette inconnaissance, l'onction des mots salvateurs.

Et me voilà, à nouveau, chanteur fou, aux braises incandescentes, ces phrases jetant :

La sentence des cendres

« Pourquoi ce cruel tourment à ce point m' harasse,
Et puis fait de mes livres de chair une masse
Démente ? J'ai les pores souffrants, un étal
De microcosmes cumulés, foyer létal ;

J'ai la tête explosante à chaque omniprésente
Scission du cerveau qui s'enfuit, désertante
Substance de ma moelle inspirante vers là,
Où la normalité vit ; je suis l'au-delà.

J'ai l'être exubérant à cette agglomérante
Fusion des noyaux, folie poétisante
De vers qui se trempent dans leurs baves maudites,
Engluant de haine leurs démons qui s'agitent.

Au feu qui consume, catalyse des maux,
Je dis "oui, brûle-moi au foyer de mes mots".
Je suis fou, je le sens, je le sais, à tout prendre,
Je m'en remettrai à la sentence des cendres. »

Qui es-tu, s'il te plaît, pour me torturer ainsi, toi, AILLEURS ?

Tu me donnes à chanter, à dire ou à pleurer des poèmes maudits par tes voix intérieures, en mes voies internes où se heurtent au gré de leurs vouloirs les résonances dures des phrases qui me bataillent.

Je ne sais que penser.

Ferae Vox

« Ô destrier indompté comme un vent de feu,
Sur la mer déchaînée, brûle les mâts et voiles
Des esquifs décharnés de nos âmes, parbleu,
Tu m'emportes ; ta fougue, en ton jeu, en ton bal,

En ton trot douloureux, me tale et puis mes os,
En sacs et puis ressacs, s'enfuient et se remettent,
Se déboîtent, s'ajustent, à nouveau se faussent,
Pourtant, Ô équidé, mène-moi à la fête.

Quelle est-elle cette ronde où je veux danser,
Où je veux fondre comme pollen au vent ?
Où est-elle la fronde qui fera lancer
Pierre rédemptrice aux sieurs décadents ?

Je le sais ; depuis l'aube de mes sentiments,
Quand j'ai béni le corps de mon adolescence,
Reposant à jamais sur les cendres d'avant,
Les crocs me sont poussés et puis le fauve en transe

A surgi de sa crypte à l'air de déraison,
A nourri sa folie, a jeté ses fantômes
Dans les alcôves exubérant de floraison
De ces *Ferae Vox*, les voies que je consomme. »

ASSEZ, Voix, que veux-tu me faire comprendre, ne sois pas Sphinx, ne me fais pas Œdipe, même si je lui ressemble, lui dans sa crypte de cécité, moi dans la mienne d'opacité. Ma seule reine à trouver est celle du savoir. Je n'en cherche point d'autres.

L'énigme se tenait là, compagne silencieuse et impitoyable sur laquelle se mesurait mon avenir.

La Voie replie ses contours invisibles pour un soir, une nuit, peut-être à jamais.
La fatigue me sied comme un ancien raglan.

Que cherches-tu enfin à me faire comprendre, toi Ailleurs en mon présent, toujours en mon cerveau ?

Peut-être demain saurais-je…

Mais mon sablier me prie, au détour de mon âme, de prendre du repos.
Mes larmes au reposoir, reliques du jour passé, je me donne au sommeil.
Peut-être demain, saurais-je quelle est ma mission…

Troisième nuit

Le rideau se lève, une fois nouvelle, sur mon corps douloureux. J'étire mes membres. Ils ont la consistance que possèdent les pains vieux de la veille, peau craquante et intérieur rassis.

Le miroir, seul au mur, presque désœuvré, comme un marchand de sable au milieu du désert, a du mal à renvoyer mon image ou alors, reflet éculé, n'ose plus.

Il souhaite, peut-être, terminer sa vie sur une note meilleure et, pour lui comme pour moi, tout bien réfléchi, et tout mal infléchi, ce serait mieux.

Cette image devrait rester dans ma boîte crânienne à côté de mon *alter ego*, car enfin, l'impression m'en est forte, c'est bien l'*alter ego* qui conduit mon navire me laissant ouvrier aux manœuvres d'esquif.

Tout d'un coup, je sursaute.

Je la croyais partie, j'ai le droit de rêver… mais non, la Voix sonne à nouveau, à la porte de mes sens.

Elle secoue en un instant les fibres de mon corps, les nouant et me paralysant presque.

Vais-je enfin savoir ? Pourquoi errai-je en cet état ? Que suis-je destiné à faire ?

Pourquoi deux êtres en moi, dont un qui s'évapore en mes secondes mortes, lorsque je le questionne, lorsque je me questionne ?

La Voix se fait douce, quel changement !

Je me crois revenu en mes temps anciens lorsque maman me berçait par ses doux mots, ointe qu'elle était de sa tendre sagesse, comme un tableau l'est de l'huile de l'artiste.

Tendre sagesse

« Sillons de terre entière, bassins d'eau perdue,
Toute couleur change, sans adresse de crue.
l'arbre se fait roi du printemps qui le sied,
Et la saison se perd dans parure et effets.

Visage verdoyant, prairie dans ses reflets,
Les ondes bouillonnant, noyant tous mes regrets,
Ravivant malgré tout, en l'espace d'un rien,
Le tout d'un univers au semblant de satin.

Les regards se troublent comme mares et étangs,
D'un jaune qui vieillit à mesure du temps.
Tout passe, temporel, mais beauté de nature,
Vaut pleurs d'une misère et cruelles parjures. »

Sans adresse de crue… sans adresse de crue, oui, je le suis, ici, dans ce huis clos, parlant à un miroir d'antan qui n'a plus de couleurs et qui s'éteint doucement.

Plus de reflets, vais-je disparaître dans cet air vicié, mes atomes versés au fluide du temps perdu, seul avec cette Voix qui refuse le dialogue, m'imposant son soliloque
comme unique compagnon de partage, monologue qui ne m'apprend rien et me laisse arpentant, tel K. en son château kafkaïen ne recevant que des réponses mystérieuses et cachant des messages, le chemin de mon questionnement?

Suis-je donc voué à sombrer inexorablement dans la folie et finir momie en cette camisole ?

J'ai peur de terminer accroché à un mur au musée des choses défuntes avant que d'être nées réellement.

Mon réel est là, c'est mon corps dans l'attente de ce que mon imaginaire souhaite…
Mais le symbolique, le langage, n'est plus maître chez lui, ce huis clos l'a tué.

Alors, comment lui faire comprendre à ce bien lointain mystère qu'il lui faut me donner missive explicative afin que je sache enfin… que faire avant de ne plus être.

Mais cette Voix, que je voudrais transitoire, passagère en un temps circonscrit, se borne à me lancer une nouvelle complainte qui, portée par le vent, à mes oreilles venant, me laisse, une fois nouvelle, dans l'incomplétude et puis mes illusions dans leur finitude.

Elle m'incite, enfin, je le pense, à faire

Deux pas vers l'éphémère

« Deux pas vers l'éphémère et me voilà conquis,
Tout ce qui ne dure pas, tous ces fragments d'ici
Qui se meuvent, qui se meurent, d'un coup, rejoignent
La trame du passé. Et puis, moi, je m'éloigne…

Je prends mes cellules vivantes, enfin, celles
Qui me font goûter à ces joies actuelles,
Friandises tentantes dont je me repais,
Qui, en fait, ne sont que pure incongruité

Dans le monde du silence ne requérant,
Pour poursuivre son périple hors des instants
Morts, que de tisser son fil, telle l'araignée ;
Elle tient nos démons, le temps, nos déités.

Deux pas vers l'éphémère et me voilà enclin,
Comme l'arachnide sur lien de satin,
À fondre sur la moindre ode funambulesque,
Pour graver dans le marbre mes mouvantes fresques. »

Quelles joies actuelles entre ces frontières mentales qui s'érodent sous l'assaut de mes larmes ?

Et ce fil, où est-il ?

J'ai déjà bien du mal à suivre celui de mes idées. Je me fonds en mon fluide et mon fluide s'écoule dans les rus du sol où mes démons s'agitent.

Mes pieds sont des funambules sur un lien de folie. La folie est un pas vers ma néantisation.

Pourtant, comme si de rien n'était, comme pour me donner une apparence de vie, je fredonne déjà ces mots venus d'ailleurs, comme pour, au poison de l'aranéide, diluer l'ardeur grandissante de mes diables internes.

Comment cela est-il possible ?
Comment ses mots lancés par la Voix me
paraissent-ils si proches, si intimes ?

Je ne sais…

Ce huis clos et ses murs se rapprochent de moi. J'étouffe.

Le miroir est tombé, signe, s'il en fallait, que je vais disparaître comme l'ombre au zénith au midi de l'été.

Une phrase de toi, l'Impénétrable, et je resurgirai et tes mots rédempteurs seront sang en mes veines.

Dis-moi tout, compagnon de longue date, si je dois te servir, que faut-il que je fasse ?
Mon corps se replie là, l'air me manque, il me faut le préserver.

Je vais m'étendre au bord de mon âme, mon sablier voit défiler ses derniers grains.

Cette voix m'a emmuré dans un monde de silence, déjà momie avant d'être mort.

Je m'endors alors en quête de mon éternité, n'ayant eu de ta part, Toi, l'Insondable, réponses à mes questions.

À moins que… mais je sais de longue date que l'espoir fait vivre et l'attente fait mourir.

J'aurais pourtant aimé choisir ma fin.

Mon esprit s'évade, dernier rêve d'un avant que j'aurais voulu ne pas quitter ?

Mysterium

« À tout commencement est lié un mystère,
De quelle étoile et poussières suis-je issu ?
L'infime a rendez-vous aux détours de ma terre,
L'infime et ses frères sont sève de mon cru.

L'atome a pris ses aises et je suis son enfant ;
Sa fragrance initiale, suc de néant,
S'agrandit comme éclat brûlant les cieux ;
Déjà l'enfer, mais y avait-il un dieu ?

Mysterium… Le noir de ses débuts, hideux,
Comme habit de naissance, il surgit de sa cave,
Lui, Cosmos enfin éblouissant, lui le feu,
Frontispice du Grand Livre, presque l'enclave

D'un instant de connaissances. D'où vient
L'univers, ce tout, d'un antédiluvien
Précédant ce déluge qui a vu paraître,
Là, quarante mille générations d'êtres

Dont je suis ? *Mysterium*… Je serai fossile
Dormant à tout jamais dans l'argile durcie ;
Mes atomes m'auront quitté, m'offrant, futile,
Au trône de l'ombre en ces instants qui fuient. »

Dans l'argile durcie, un huis clos éternel… Ah !

Ultime nuit ?

Dernière nuit du condamné attendant une grâce ?

Endormi seul hier pour mon dernier voyage, un souffle s'est immiscé entre mes
draps, que je croyais linceuls, et ma nuit s'en est trouvée transformée.

Et la grâce survint.

Ce trait d'air fugace a posé son voile comme un papillon étend le drapé de ses ailes
sur la fleur réclamée, me faisant duveteux coussin pour mes rides tombantes.

Ce souffle, c'est la Voix qui me l'a apporté, mettant

Mes quatre murs aux quatre vents

« Je ne peux, dans l'espace qui m'est réservé,
Me faire des ailes pour enfin m'envoler.
Le plafond est si bas et le plancher si haut,
Que rien qu'en m'écoutant, ils se disent des mots.

Laissez-moi respirer l'air sans cage et barreaux,
Celui qui vous caresse et invente des mots.
Laissez-moi déborder du cahier de mon temps,
Mettre mes quatre murs enfin aux quatre vents. »

Cette complainte belle, je la chanterai toujours, car je sais que, libre enfin, nouvel être au sortir du huis clos,

Je suis A.D., oui, c'est Moi, et je danse sur un chemin parallèle à celui qui est né il y a une myriade de secondes.

Je l'accompagne depuis ses seize ans, fidèle double et ombre inspiratrice, mystérieux colocataire d'un corps décalé dans un temps qui déchire.

Nous voilà prêts, moi qui inspire et lui qui respire les mots sur le papier, doté de ce don d'ubiquité, à remplir notre mission, celle, tant désirée, d'exalter

Les métamorphoses du vide

Je vous en conjure, ne lisez ces textes que si vous n'avez pas peur de vous noyer dans les remous mortifères des mots qui coulent en la fibre du papier…

Elle était fraîche, cette terre de la modernité de ce vingt et unième siècle commençant, fraîche et humide.

Hésitant, j'ai passé la main sur sa surface. Le sol transpirait.

Maculé de sang et recouvert par les cendres de plusieurs centaines de milliers de cadavres, il expirait une odeur composite, ammoniaquée, mêlée de cuivre et des senteurs âcres et musquées de la charogne.

C'était l'odeur des champs de bataille, des charniers et des injustices, petites et grandes, mais toujours terribles de notre siècle, du siècle de nos descendants.

Entre horreur et fascination, j'ai pris le parti de me poser et de réfléchir.

Entre exécration et aveuglement, j'ai voulu m'exorciser.

C'était trop grave, trop fort, trop dramatique, trop horrible.
Des images surgirent sur l'écran de ma réflexion.

Cette démarche de réflexion, nourrie à la lecture de la psychanalyse freudienne et lacanienne ainsi que de celle de certains autres auteurs, m'a fait prendre une distance nécessaire et salutaire par rapport à mon objet.

Ainsi, pour me protéger, il s'agissait de trouver et de retrouver les mots susceptibles de penser et de panser (si tant est que je le puisse) les blessures induites par ce
voyage dans l'histoire du monde où j'ai tracé mon sillon.

Il me fallait pacifier, penser au-delà de la passion, réfléchir et me réfléchir comme sujet par rapport à cette masse de savoirs douloureux acquis et maintenant composés.

Il me fallait, par le vocable, condamner et punir les mauvais de notre terre.

Il me fallait laisser sortir, dictées par l'inspiration, fidèle égérie, mes haines accumulées et, par le verbe, envoyer le malfaisant en l'Enfer des Méchants.

Pardonnez-moi, s'il vous plaît, mais mon cœur pleure encore…

Tous ces mots sanglants se devaient d'être écrits, non pour une place à la postérité, mais pour me libérer, voire me guérir…

Ouvrons nos cœurs et nos âmes, car l'indifférence est l'au-delà de la haine.

Au sortir du huis clos, les forces me reviennent. Ces quatre murs enfin aux quatre vents y resteront, je l'espère, jusqu'à l'ultime nuit, la vraie, celle qui me portera, bordé par quatre planches, vers une autre lumière.

J'ai cru un instant m'endormir à jamais dans cet espace rétrécissant ses contours au fil du temps coulant et laisser mon corps nu de vie au festin charognard.

Fallait-il que mon corps en ces restes futurs se durcisse et s'infirme et que d'absolu en infime, mon être, d'atomes jeunes encore, devienne

Plus vieux que les pierres

« Un jour, tout fut dit… ou presque. Puis vint le cri
Qui déchire l'antan, nous rappelle à la vie,
Nous fait peindre dans ces aubes qui reviennent
Les prémices d'après ; qu'à cela ne tienne,

Je serai, de ces ombres fanées, le fidèle
Garant, celui qui, gardien de ces reflets tel
Un miroir tant usé sera sur le qui-vive,
Afin que ce frêle esquif d'avant ne dérive

Sur l'océan d'oubli. Un jour, tout fut dit, oui,
Mais Chrysalide du jour, papillon de nuit,
Diable, que vive enfin ce lépidoptère
Et que la chrysalide brouisse en ses enfers.

Le souvenir ne doit, au bas-fond de la fange,
Abandonner ses pores aux froides phalanges
De la mort et renaître simple poussière
De l'exorde, tant plus vieux que les pierres. »

Mais non, ma Voix intérieure, celle que j'apprécie maintenant, puisqu'elle est MOI
envers moi, n'a cessé de me dire, et je ne l'entendais pas,

Dors, dors et reviens

« Ne sois pas pierre dans tes nuits, au contraire,
Vis et respire, emprunte tout à cet éther
Noyant le vide, d'atome bout de rien
À l'incommensurable, dors, dors, reviens.

Ne sois pas triste au fond des nuits, prends les étoiles,
Il y en a tant, brise l'espace, sa toile
Ne pleurera pas, crois-moi, car son doux satin
Se régénérera ; dors, dors, jour, reviens.

Ne t'éteins pas, ces annélides attendront ;
Avant que de ta substance, ces vers abscons
Ne se repaissent, rejaillis chaque matin
En l'aube neuve. Dors, dors, au jour reviens. »

Mais le jour, au gré des secondes filant en ce temps se mouvant en son sablier, n'est
de rose absolu ; des taches grises ou noires se jettent sur sa robe et la font, souvent,
bien trop souvent, de deuil plus que de noce.

À la fin, dit-on, le bon gagne toujours. Jusqu'à ce point final, les minutes me porteront, je l'espère, du moins, toujours

Du bon côté de l'histoire

« Les cris qui s'étendent à l'octave infinie,
Hurlements, hurle vent des sentiments occis,
Nous clouent, *um amplius*, à la croix de la peur,
Nos veines et celles du bois devenant sœurs.

Phobos, sous les feux de la rampe, ce jour, danse ;
Aphrodite et Arès admettent les errances
De ce Dieu du Mal, car ils en sont la paire
Génitrice, pourvoyeurs de penchants délétères,

Ayant fait de l'enfant de la nuit cette instance
Décidant de nos pantomimes, de nos transes,
Errant dans nos chimères oniriques, tel
Le loup de l'enfance. Mais là, c'est le réel

Des rues de notre vie soumises aux traits d'un fou,
Illuminé d'un Dieu qui se prétend un tout.
Où est ce "sacré" projetant au paradis
Le bras armé tuant au nom des psalmodies ?

Au djihad, vous partez, cette haine en vos fibres,
Injectée comme un poison qui rend libre
D'étendre le voile noir sur les catafalques
Qui joncheront nos rues. Nos pauvres cataphractes

De gens civilisés, nos lois et nos raisons,
Seront forces d'après la pleine aversion
Que vous nous inspirez, Démons de nos mémoires.
Nous, nous resterons du bon côté de l'histoire. »

J'ai peur…

Quand l'oubli de la paix, le meurtre de l'amour, au gré de nos chemins, étalent leurs manteaux sombres, comme la nuit tombant vêt le jour d'une grise pelisse, quand les cris sont d'horreur, alors qu'ils se devraient d'être de joie, je jette au ciel, et j'en suis triste, mes haines

Viscérales

« Gouffres béants crachant le sang tels des volcans
Vociférants, fumerolles des canons crachant
Thanatos, les cavaliers, laves brûlantes,
Déferlent sur l'ire telle des fumées ardentes.

Mais la terre n'est pas celle des terroristes,
Ni celle de terreur, terrible ; l'exorciste
A un nom, *Éros*, cet Amour qui du Démon,
Arrachera les griffes, jettera son front

De haine au frontispice d'un nouveau chapitre,
Graines d'où émergeront les lignes et leur suite
D'un texte qui se lira d'Ouest en Est, oui,
D'un écrit, convictions de celles établies

Par nos siècles d'histoire. Fils de Lucifer,
Ne brûlez pas aux feux, de tous vos arbitraires
Signes, votre religion, ceux qui pratiquent
Ceux qui sont fidèles aux textes Coraniques.

Gouffres béants crachant le sang tel des volcans,
Vous brûlerez l'écorce, du noyau, pourtant,
Poindra le germe qui, du *Thanatos* létal,
Nous fera négliger nos peurs viscérales. »

Devrais-je inventer des dieux pour tout pardonner, non, non, non… Devrais-je me ceindre de l'étole du sage et, tel un gourou, du haut de son nuage, proclamer un monde parfait, au risque de tout perdre, non, non, non…

D'autres, avant moi, l'ont fait et se sont brûlés, et leurs disciples avec, dans leur sphère infernale.

Je dois juste prier, avec mes mots, de mon cœur sortis, juste lancer au ciel, toutes mes demandes terrestres pour que n'arrive jamais

La fin de l'astre

« La mort frappe toujours, éteignant les soleils
Que l'on croyait brillant, dans cieux immortels,
De la fusion primordiale ; et pourtant,
Juste après avoir caressé leur firmament

Et touché l'apogée de leur parcours céleste,
Puis ébauché, sans fard, leur pente manifeste,
Qui, comme le ressac, ramène au même point
Le sable et l'algue vive les jettent au loin,

À l'horizon du jour qui se veut dernier.
L'explosion d'astre luminescent, traînée
De feu, flammes d'or, et de cendres, suies qui
Rendent l'âme reste des séculaires vies,

Amène l'ici-bas, après l'ère glacée,
Dans les méandres, débris néantifiés,
Où les subsidences des roches millénaires,
Ont accablé tout, jusqu'aux moindres brachycères. »

TOI, abyssale énigme, aide-moi, mets en mon esprit le fluide qui éteindra les flammes de mes tourments.

Je les sens poindre de plus en plus hautes et chaudes en leurs chairs, en leurs chairs d'air charriant au gré de leurs balancements, comme des opiacés aux brumes dilettantes, leurs élans destructeurs.

Dansent en moi la folie et les restes de mes nuits aux délires flamboyants ; fasse,
TOI, l'obscur, que ton inspiration me promette des jours plus sereins et leur donne un

Supplément d'âme

« Blancheur ténébreuse dans mon ère électrique
Et hymne cadencé de mes sons neutroniques,
Mettent l'intime de l'espace sibyllin,
Où j'erre en un état du hère au quotidien,

En émoi. La surface moïque s'étend
Au-delà des sphères de son pouvoir naissant,
Des tentacules à la préhension forte,
Comme un poing serré, levé, exhorte

Au combat, tend à mon extérieur bridé
Par son lot d'infortunes et d'incongruités,
La bannière d'amour comme une oriflamme,
Souhait, Ô combien désuet, d'un supplément d'âme,

Aux cossus, pour que les pauvres en jachère,
Leurs regards me jetant un paquet de misères,
Puissent enfin, de leur jardin d'Éden, jeter
Le fruit interdit et la traîtresse ivraie. »

Pourtant, ces nuits sont pour moi un havre où reposer ma chair torturée.

Le combat à mener, cette mission à accomplir, ces tranchées de laideurs où exposer mon être, sont autant de coups à mon âme, de bosses à mon corps à endurer et à panser lorsque poignent la nuit et son repos qui se veut salvateur.

Et pour calmer, l'espace du temps du rêve, mes angoisses et tensions, en une vaine imagination, en une extravagante fantaisie, comme je le faisais lorsque, étourdi par les brumes iodées de mon enfance, je m'immergeais dans mes mers de rêverie, je me plonge avec délice et volupté dans l'océan du

Somnium

« À pas feutrés, dans un décor nimbé d'étoiles,
L'ange au couchant, fidèlement, en son étal,
Me proposant protection en cette nuit,
Je me décroche du pan du jour et je fuis

Vers cette ouate où il fait bon plier l'effet,
Reste du diurne qu'il ne faut mélanger,
Cherchant la délivrance du jour éconduit,
Qui dans sa mort m'exhorte à ne garder de lui

Que le beau, avec la substance du rêve.
Somnium, roi limbaire, accorde-moi la sève
Qui projette l'avant sur l'aire des statues
Figées et puis l'après-coup dans mon *in situ*.

À pas feutrés, dans une étoile au beau décor,
Voisin de l'ange à qui je lègue tout mon corps,
Somnium, l'Ange était moi, je deviens Lui,
Je me décroche du pan du jour et je luis. »

À l'abri de mes trames où en décousent mes transes, sous le regard éteint de ma vie, où mes murs n'entendent que les bruits de l'extérieur vivant des choses qu'on oublie, la douce mélancolie de mes yeux qui s'évadent fait fuir mon intérieur en la douce escapade, mais vers où ?

Vers Atropos

« Mais où donc veux-tu aller ? Tu es sur ton nuage,
Tu as atteint la cime de ton mont, et l'âge,
Qui te voûte le dos et te cerne les yeux,
Qui sillonne ton corps de traits scarifieux,

Te rappelle au souvenir de l'inexorable
Force qui est sienne en sa ronde ineffable.
Âge, Maître du temps jusqu'à ta finitude,
Fera battre en ton cœur le sang d'incomplétude,

Hématies fondues, anémie pernicieuse,
Affaiblissant le tronc de ton arbre. Véreuse
Sera l'écorce, celle qui au jeune temps,
tel le jaseran du paladin luttant,

Protégeait tes veines, tes artères ; les rues
Circulatoires, aux carrefours où irruent
Les encombrants et mortifères excréments
De terrible et morbide vieillesse, d'étants

À néant couleront. Et là, tes agrégats,
Avec lesquels ton corps a vécu ses états,
Se disloqueront, puisque soumis à l'attaque
D'Atropos, Déesse Moire, funeste Parque. »

J’ai besoin d’aide. Je rêve, en ai-je le droit, alors que la dure réalité saute à ces yeux qui veulent fuir ? Le rêve est rédempteur. J’ai besoin d’expiation.

Mon âme a déjà mis une ancre à son voyage, et puis, ferme d’un coup, la porte à tout partage pour reformer pourtant en l’abîme du rêve, l’illusion recherchant son véritable orfèvre.

Ou alors ces orfèvres… voici mon

Ennéade

« Bienvenue en ma demeure et prenez vos aises,
Vos valises à terre, à chacune sa chaise,
Où poser votre philosophie, fondement,
Asseyant ma situation d'être, étant.

Présentez-vous à moi, sujets de l'*Ennéade*,
Desserrez sur le champ la si forte accolade
Vous unissant en l'instant, choses similaires,
Comme s'étreignent fort les familles de la terre

Aux moments puissants des folles retrouvailles.
Présentez-vous à moi ; puisse ma muraille
Être consolidée dans le temps qui s'annonce,
Par vos fibres intestines, là, qui énoncent

En vos corps magnifiés par l'aisance du verbe,
En dithyrambes vraies, en envolées superbes,
Ce que les Grecs avaient, Dionysos témoin,
Piliers de savoirs à l'horizon lointain.

Vous êtes philosophie de Socrate et Platon,
Et histoire du Temple de Poséidon,
Vous êtes Mathématiques de Pythagore,
Et poèmes lyriques qui vivent encore.

Vous êtes littérature d'Homère, aède,
Et puis mythologie d'Hippolyte et de Phèdre,
Et les successeurs des Beaux-Arts Mycéniens.
Vous êtes musique héritée des Anciens.

Enfin, l'ultime chaise en mon humble refuge,
Est pour la psyché, mythe comme un subterfuge,
Le souffle de toute âme dans les Colonnades.
Voilà les neuf amis de ma belle *Ennéade.* »

Mais qu'importe, en ces temps où la haine est glaciale, où l'on sèvre les gens de sentiments puissants, où nos chambres sont funéraires, moins nuptiales, je réintègre vite ma vie en dedans.

Je m'annihile ici pour me recomposer en des ombres magiques aux pouvoirs immenses, floues en leurs chairs, mais sirènes dans leurs aisances, qui, par leurs appels auxquels vouloir résister est une gageure, finissent par changer tout mon corps en un voilier au périple épique. Au milieu du rêve, mes fardeaux sont jetés.

Il m'est dur d'accepter qu'en ce monde passant, des textes soient brûlés ou bien alors cloués, tels d'anciens blasphèmes au piloris du temps. Amis, prions pour les phrases assassinées.

Et contre les ennemis des sentiments, de l'amour et de la culture,

Je sortirai de mes écrits

« Méfiez-vous, un jour viendra où, des textes,
Un à un, je gravirai les sillons dantesques,
Là où s'écoulèrent, le temps de mes écrits,
Les flots tumultueux de mes démons maudits.

Diables, éblouis par haines amassées,
Le long de mes pérégrinations passées,
Longtemps en dormance dans les flammes des mots,
Durablement léthargiques dans les brûlots

Lancés tels des dards ardents sur mes papiers
De vie, prendront forme en mes écailles glacées,
Et là, je sortirai de mes écrits, le glaive
De la vengeance, celle qui un jour se lève,

Brandi au froid maintien de mon bras tendu,
Du banni que j'ai été et puis qui tue
Par le verbe choisi, ce qui ne doit plus vivre ;
La table de vos Enfers attend ses convives.

Méfiez-vous, un jour sera où de mon encre,
Vous verrez couler l'ombre perfide du chancre
Qui pourrira enfin tout l'air où vous osez
Dire à la vie ce qu'à la mort vous devriez. »

Faiblesse…

Parce qu'elle prêtait un décor à mon âme, beau comme un lit de feuilles un matin d'automne, dont les couleurs dérivant du jaune à l'auburn, paradoxalement, venaient user la flamme des falots de mon avenir, la nostalgie, peut-être fille engendrée par la solitude, me permit, nonobstant toutes similitudes entre un jour d'avant et puis celui qui le suit, d'obtenir, au gré de mes subites envies, un miroir, comme une pitié de la destinée, trahissant tout juste un reflet du temps passé. Mais bien dure à vaincre est cette nostalgie.

Spleen

« Non, n'essayez pas, ceci demeurera vain,
De ressusciter les images du lointain
Passé. Elles sont figées à jamais, instants
D'avant mis dans le recueil des joies et tourments

Que l'on ne revivra. Attention, l'excès
De nostalgie, l'outil utopique qu'on sait
Manier à mauvais escient au détour
De nos chemins pour redonner secondes, jours

À ce qui, dans nuit, est "*in vitam eternam*",
Nuit et détruit, accroche et pétrifie en toute âme,
La glaise mauvaise, celle qui, durcissant,
Condamne tous vos soleils futurs au couchant.

Laissez les lieux défunts dormir au sillon
De ce qui constitue votre vrai Panthéon ;
D'autres les rejoindront et puis d'autres encore,
Jusqu'à ce qu'advienne l'éternelle mort.

Non, ne tentez pas, le geste est illusoire,
de redonner vie aux os du reposoir ;
Ces restes sont à garder, sûr, comme un trésor,
Doivent subsister comme simples métaphores. »

Haine…

Les riches gens à leurs portes d'ingratitude, volets fermés sur les misères d'ici-bas, absents dans leurs pensées et dans leurs attitudes, toisent tous ceux qui de leurs castes ne sont pas.

Ces personnes à particules annihilent les efforts de tous ceux qui veulent avancer ; l'heure féconde de la noblesse futile rend le pauvre plus dépourvu, et à jamais.

Mais, a-t'on le droit, marqué du sceau nobiliaire, gâté par la naissance ou bien par succession, de s'oindre de la morgue qui ne tolère de ne pouvoir s'arroger d'autrui les façons ?

Je crie… et

j'implore…

Vita absolutum vinculis

« “Nous réparer pour repartir d’un pas moins pire…”
Est-ce encore au berger d’imposer son désir
Au troupeau d’être là en un tout édicté,
Et d’aller au bon vouloir de l’ordre lancé,

Vers un but qui n’est pas celui tant recherché
Par ceux qui dans nasse, serrés, fer aux pieds,
Bâillon étouffant leurs velléités orales,
Avancent, Panurge, pour compagnon mental,

Vers une même synthèse qui rend défunt-né
Le moindre embryon de ces singularités ?
“Nous transformer pour enfin corriger le tir…”
Serait-ce à l’ensemble de jeter au nadir

Les particularités, graines sous-jacentes,
Diamants oubliés en gangue asphyxiante,
L’humain assujetti à boire le calice
Et la lie ? *Vita absolutum vinculis* »

Écoutez, mes chers amis, les cors doux et sombres ; d’hier, ils pleurent la perte et leurs chants de tombes, plus qu’un requiem aux messes d’enterrement, me font mal, de mon écorce jusqu’au-dedans.

Écoutez, mes chers amis, les cors doux et sombres, ils pleurent et mon jour n’est déjà plus qu’une ombre.

Moi, Prométhée, promettez-moi…

« Donnez un instant, au temps des Grecs Anciens,
Pulsion guerrière aux Titans, dont l'entrain
N'est que le reflet faux, Ô mythes dévastateurs,
De l'Olympe de *Cronos* aux jeux et splendeurs.

Laissez vos déités, pugnaces à souhait,
Arpenter le mont *Othys*, s'y putréfier,
Devenir courroux mort aux feux des indulgences,
De leurs castes laides, déraciner l'engeance.

Pour la race humaine, celle qui réfléchit,
Avant que de brûler au bûcher de la vie,
Moi, Prométhée, enfin celui enclin,
À œuvrer, bon titan, à façonner l'humain,

Glaise à sécher au feu volé déclenchant, oui,
Colère de Zeus qui, de rage, m'astreignit
À voir ma carne, sous les attaques rapaces,
Dévorée le jour, mais déesse carapace,

Sous lune heureuse, bout de chair tuméfiée,
Je m'extrais de la fange purulente et renais ;
J'aimerais que les flammes de vos cruels états
Se couchent en braises froides… Promettez-moi. »

Le temps file ; dans son manteau gris d'habitudes, compagnon des jours du réel, des nuits de rêves, mémoire du naturel qui me sied, Jude à ces heures, mais Diable aussi, il est sève qui fait grandir ou le poison qui fait mourir.

Mais rien en lui, déroutant film du hasard, ne pourra, en mes errances, me voir grandir, s'il n'est fait à la lueur d'un vrai regard.

Voici,

Le moi pensant et la brisure du temps

« “Je est un Autre”, écrivait Arthur Rimbaud ;
Il était là, mais toujours ailleurs aux ports d’eau
Vive, plus vivante que lui, un déjà mort,
Hantant, en temps, mais pas en heures, par son port

Jamais altier, les rives du siècle où
Il brûla sa vie et déchira tout son Tout…
Mon Moi pensant vit dans la brisure du temps,
Douce folie, double de mon entendement ;

Dans le biais parallèle au sol où je m’escrime,
telle toute chenille collée sur la résine
De l’arbre, futur tombeau de la larve scellée,
À raisonner l’irraisonnable humanité,

J’enfilerai ma tenue d’ombre où se déroule
Ma saison éphémère qui, de creux en houles,
Sur ma mer déchaînée que je ne maîtrise
Plus, signera l’ultime mot qui vampirise

Le sang coulant tel un acide en vos veines,
Vous, briseurs de mon ère Parnassienne.
Je suis un Autre, dans vos relents, je me vautre,
Mon Moi pense encore, mes travers seront vôtres. »

Ils sont bien langoureux tous mes vers qui expirent, qu'ils soient d'amour, de dégoûts ou bien de satire.

Malgré cela et jusqu'au bout de mes années, je vieillirai
juste à hauteur de mes secrets,
que je jette là,

En vos âmes damnées

« Vos pieds souillés par le fumier foulé,
Quand vous pataugiez dans fanges effluées,
Laissez-les tout en bas dans le flot d'immondices,
Exhalant de ce monde puant tous les vices

Et toutes les infortunes, avant d'entrer
Dans mon monde. Il est berceau, j'y suis replié,
Nouvel enfant aux vers d'avant, aux pleurs d'antan,
Qui sombre malgré tout, mais qui survit pourtant,

Car, subrepticement, pénètre en la demeure
Des forces internes, démons intérieurs ;
Dame folie m'enjoint de faire corps en elle,
Elle me soutient, je la prends, la recèle.

Je suis coupable, qu'on me condamne, tant pis,
Poésie maléfique est le monde où je vis.
Si vous souhaitez me voir, marchands de désespoirs,
Le crucifix, au fond de mes amples mouroirs,

Ceux où dorment à jamais mes vers ignorés,
Vieillards textuels comme essences éthérées,
Vous consumera, pic au ciel, pour chasser
Les lèpres amassées en vos âmes damnées. »

Même si j'ai déjà l'éternité sur terre, sous un soleil brillant de cent mille façons, j'ai du mal à m'asseoir au milieu de sectaires cultivant en leurs rêves d'utopiques dons, et n'ayant de ce fait que de vraies sujétions comme compagnes de voyage.

J'hurle fort mes passions déchaînées jusqu'au tout profond des gênes de mon univers, là où les torts paralysent et où les peines s'éternisent.

Pourquoi ne pas changer en une pulsion saine la peur de laquelle je casserai l'emprise, si mon talent a la puissance de ma haine ?

Les voici…

Mes monstres de raison

« Croyez-moi, ils sont là, enfouis dans mes sucs ;
Reîtres de l'ombre, ils sont comtes, ils sont ducs
De mes cités où les forts de l'inconscience,
Dans leur flou d'incertitudes et d'absences,

Abritent également en pierres tombales,
Ce qui, à mes débuts, eût pu m'être fatal.
Ils sont là, mes monstres de raison, mes soldats,
Qui m'ont permis, dans mes tourments, dans mes éclats,

Au gré de mes combats, dans mes années filantes,
Au fil de mes campagnes, dans mes poignantes
Joutes, où le sort ne tient qu'au hasard du coup
Porté ou bien reçu, j'en ai eu mon soûl

De frappes à travers mes défenses innées,
De garder présente et haute ma fierté,
En filigrane de mon corps souvent meurtri,
Prompt à s'éteindre, mais pourtant jamais détruit.

Ils rugissent, ils grondent, comme les torrents
Que les orages mauvais, le soufre sentant,
En coulées incontrôlables, transformeront ;
Ils rugissent mes monstres et ils ont raison. »

Messieurs les potentats, surtout, n'oubliez pas que nous sommes las de nous faire
chapitrer pour des renonciations ou actes d'apostat non commis…

Décortiquez votre fatuité, analysez ce qui, pour vous, est prétention, le repos de vos âmes est à ce prix.

L'ère des élans nouveaux vous apprendra, sans façon, que vous êtes destinés à la
même terre que ceux qui sont lampistes, humbles et obscurs, qui existent,
subsistent sous l'air de défiance, où vous les menez du passé vers vos futurs cruels,
par un sophisme de votre conscience.

J'en ai assez d'entendre…

La clameur des Béotiens

« Ballons, envolez-vous, crevez vos flancs bouffis,
Chassez votre air de vos ventres pourris,
Ne revenez pas, baudruches pantomimiques,
Dévergonder mon ère de frêles mimiques.

Gardez pour vous et pour vos si restreints espaces,
La platitude de l'esprit aux coriaces
Racines qui, dans vos bulles autant infectes,
Puisent la substance mauvaise et s'en délectent.

Vous qui vous enorgueillissez d'appartenir,
Aux sphères embuées, aux loges de délires,
Et qui gloussez sous le velours des flatteries,
Humez enfin l'odeur vraie de ces coteries.

Athènes avait ses orateurs, esprits faits,
Ils péroraient et les humbles s'en imprégnaient,
Comme un papier boit l'encre en fibre écoulée
Et garde en sa trace l'intelligence vraie.

Mais vous, pantins, de la hauteur de vos lutrins,
Gigotant tels des gnomes faiseurs de rien,
Laissez monter la clameur des Béotiens
De vos cris ; c'est votre apparat, pas le mien. »

Mais tous les soirs, mon regard s’éteint tout heureux de baisser pavillon devant cette
incurie qui rend blême la terre et difformes les cieux.

En mes nuits, je revendique le droit de vie.
Et pourtant…

Haine, tu me tues

« Là, l'homme blafard, sous son toit d'air et de vent,
Couché tel l'animal blessé, agonisant,
Voit ce vingt et unième siècle se
Plaire à pavoiser, alors que lui ne peut.

Cet être là, si près, ne parle ni n'entend,
Sous le poids de ses quatre-vingt-quatre ans ;
Sous sa bâche comme seule opposition
Aux éléments du temps, aux regards frissons,

Il offre, là, son corps à la future terre,
Celle qui les absorbera, lui et son ère
D'avant, ce règne qui l'a vu heureux peut-être ;
Mais là, seulet, il meurt sans rien laisser de l'Être.

Haine, haine… pourquoi ces trous jamais comblés,
Où s'étendent des vies, où s'oublient des passés,
Où les larmes diluent l'âme de celui qui
Se pétrifie et, sous sa peau, quitte sa vie ?

Là, l'homme blafard, sous son toit d'air et de vent,
À quelques pas de nous, quelques pas seulement,
Ce vieil homme oublié, comme un reste jeté,
Disparaît dans la glaise où on l'a déposé.

Haines, tu me tues… Tu m’étrangles et occis
En moi toutes pitiés pour l’essence pourrie,
Animant ceux qui, aux rênes de notre temps,
Exhument leurs *macabs*, enterrent leurs vivants. »

L’intime explose sur l’éclat de peau riante qui m’enveloppe.

Et les dessins élimés, vestiges de l’étoffe de vie surannée, renaissent en une perspective plongeante.

Je souhaite…

L'asile poétique

« Prisonnier de mes mots, je ne le suis pas ;
Au contraire, ils sont ma panoplie d'autres "moi".
Dans mes failles satanées, infernaux îlots,
Ils sont plus que des replis, des *alter ego*.

Ils m'aident et ils m'aiment, car ils savent que
Mon cœur a décliné comme trait de fabrique,
En courbes graciles, au cours du papier,
Ses élans et puis ses fougues exacerbées.

La folie se joue de moi… qu'importe ce mal,
Il rend fort mon verbe, bien droit le canal
De mes pensées exaltées à l'encontre de
Ces petits diables qui vous rendent perfides.

Dramatis personae, soit… affublez-moi,
Si vous le souhaitez, de ce vocable-là.
Oui, je suis l'engeance du poète maudit,
Qui, de votre ivraie, extirpe les mots bénis,

Vous savez, celui qui, du nauséabond tas,
Qui, de votre séant, s'écoulera,
Saura, de ces fibres intestines… magique,
Tirer le grain. Je veux l'asile poétique. »

Il fait bien gris dehors, seules les solitudes, sur un coin de trottoir, offrent leur amplitude à qui veut bien les prendre et s'habiller avec, le soleil n'est pas là et mon cœur n'est plus sec.

Et seules les lueurs qui éclairent mon flou, intrinsèques et vraies, me donnant rendez-vous, peuvent sécher le flot des larmes de détresse, psalmodier à mon cafard son ultime messe.

Et là je m'enfuirai…

Au profond de l'âme

« Il y a ceux dont les flots capricieux filent
Dans les méandres sans fin et sombres, sans fil
D'Ariane pour en sortir, puis qui s'y perdent
À jamais, en suspens dans la crypte où s'éperdent

Les moindres parcelles de leur morte conscience.
Ils sont nus et ils sont mus par l'indifférence
Qui rend l'homme pierre, de marbre et froideur,
Qui vend l'homme aux enchères du masque et du leurre.

Et puis, il y a ceux dont les chemins discrets
Vont à la lumière, coruscation née,
Éclats vifs, éphémères, mais si précieux,
Gestes de l'âme, donnés, moins dispendieux.

Ces êtres sont les anges faiseurs d'étincelles,
De l'Abbatiale de la conscience, celle,
Écrin du souffle qui ranime toute flamme
Du caveau, *in situ*, au profond de leur âme. »

Je veux mon paradis ; il n'est ni là-haut ni ici-bas.

Tout un grand chemin, toute une belle dérive, corde puissante qui me lie à mes archives, qu'il neige, qu'il bruine, qu'il pleuve au fond des yeux, voilà ma vie, fidèle amie qui joue mon jeu.

Pathétiques instants que ceux qui m'appartiennent, ils sont présents, ils sont puissants et me soutiennent lorsque mes forces s'égarent, me laissant nu… mille maux bataillés et mille maux vaincus.

Je suis petit, simple mortel, future cendre, point dans le monde, humble lit où vient s'étendre le cri des mots qui déchire mon sphéroïde, pour mieux faire corps avec moi, presque séide.

J'ai beau me répéter que la lune a des yeux pour voir ma destinée, pour guider mon sérieux, je suis seul maître de ma vie et je conçois mon univers sans mots comme un chemin de croix.

Où est mon Élysée ?

L’empyrée des vers

« Sur les monts de mes rimes coule ma haine,
Oh ! Cher Apollinaire, inspire-moi encore,
Que du sang corrupteur aux égouts de mes veines,
Viennent métamorphose et puis ma méta-mort.

Et tous mes dégoûts, faut-il qu’ils me reviennent ?
Dans ta crypte éternelle où tu reposes… dors,
Poète, génie dans ton époque ancienne,
Pas vieux tes démons, tu revis en mes ports.

Et je prends l’eau pour un quai inconnu, heurtant
La houle capricieuse et ses murs d’eau vive,
Ses lames déferlantes et galets salants
Me cinglant le corps. Ma fin proche me ravive.

Que me faut-il enfin pour trouver cette mort ?
Seule l’ultime strophe en garde le mystère,
Oh ! Cher Apollinaire, inspire-moi encore,
Que ce quai recherché soit l’empyrée des vers. »

Je vais partir, quitter enfin cette contrée qui, quoique grandiose, n'a su m'attirer. J'y ai vécu tant d'années autant nonchalantes que la nature quand les saisons se font lentes.

J'y ai laissé des souhaits à peine exaucés, saupoudrés des particules du temps passé, qui intimait aux vents de violenter les heures, afin qu'elles continuent à miner mon cœur.

Pourquoi donc me suis-je montré démesuré dans ma passivité jusqu'à en oublier qu'au fond de moi dormait la conviction entière qu'un sol fécond naîtrait des terres de poussière.

Dans cet air très ridé d'un autrefois ancien, dans la terre où sillons sont desséchés sans rien, l'odeur particulière, étouffante, ancestrale, en chaque coin de pierre a posé son étal.

Tout est devenu jaune et le bois des volets, des portes et des croix, a perdu ses reflets. La poussière a caché tout reste et toute vie, le silence a ancré, dans les murs, l'infini.

Et je pleure… pour toi

Ô Gaïa

« Ô Gaïa, pourquoi ta détresse se lit
Sur tes mortes rides où chaque être ne dure
Plus, car difformes elles sont, aux bords si durs,
Que la larme salée, dans les sillons, s'enfuit ?

L'arbre tend ses membres flasques et répugnants,
Juste après que l'homme a puisé dans ses grimoires
Le penchant mauvais qui, de crimes en flagrants
Délires, explose la nature ; et l'histoire

N'agréera rien d'avant l'apocalypse,
Ni le ruisseau flirtant avec l'oiseau chantant,
Ni la prière humble à la lune qui s'éclipse ;
Ô Gaïa, où sont tes royaumes d'antan ?

J'ai peur pour les petits d'hommes qui poursuivront,
Tels déambulateurs sur des fils barbelés,
Tels défricheurs de cimetières sans nom,
La catharsis de leur nauséabond passé.

Ils seront, au gré d'apoxies pourvoyeuses
De mort lente, à l'ombre des jeunes vies en pleurs,
À l'orée des anciennes forêts rieuses,
À ton chevet, pauvre Gaïa, car… tu meurs. »

C'est le matin, j'entends la lutte des silences. Nantis de la conviction qu'ils sont d'or, de sens, ils se veulent infinis et puis éternels. Les bruits du jour naissant leur cassent les ailes. Le soleil chasse la nuit.

Les arbres s'étendent, prennent leurs aises, et puis, comme toujours, tendent au ciel pour le louer, ramilles et ramées, et le Doubs, si fidèle, serpente à leurs pieds.

Mais… l'autrefois a rompu le lien des souvenirs, le présent a porté sur le passé la myrrhe. Et le goût sans saveur, laissant le monde seul, fait du temps qui vieillit le plus laid des linceuls.

Et je pleure encore…

Anthropocène

« Singulières détresses aux flancs de cette
Terre qui nous porte et puis supporte, implorante,
Les supplices infligés par l'homme désêtre,
Conservé à sa place d'animal, criante.

La triste disposition le portant à
Ne considérer que sa totale survie,
Faisant fi de celle pourtant, tout ici-bas,
Autant importante, de la planète aussi,

Fait de l'homme puissant aux manettes du monde,
Et puis, de ce temps, un sujet consommateur
À la laideur et à la sanie si profondes,
Qu'incrustées en sa chair, elles seront horreurs.

Avec ces quatre litres de sang sous cette écorce
Protectrice, toi, l'homme aux récurrents blasphèmes,
Comprends que Cité et puis Planète en la force,
Vivront ou mourront, un, en l'ère Anthropocène. »

Un démon hante le pied, les déclivités de ma vie. Je ne sais à quel saint me vouer, ou à quelle idylle ingénue me raccrocher pour combler mes creux et emplir mes vacuités.

Je sens l'abri de mon âme comme envahi par je ne sais quelle lèpre qui, tout, détruit.
Je me surprends parfois à défier ce qui est plus itératif que l'encre des écrits.

À trop vouloir nourrir mes jours avec mes rêves de mes nuits, et de ce fait, devenir orfèvre de l'existence, j'ai usé de filigranes jusqu'à m'en ennoblir, peste… que l'on me damne.

Je ne veux plus être un de ces mauvais reflets, me voulant ploutocrate alors que mes excès n'ont ni sceptre, ni couronne, ni même trône. Ils ne sont que d'amour dont je ne fais l'aumône.

Je me réveille, les matins, grisé de songes, à l'appel d'une Diane ou du soleil qui ronge l'horizon. Je suis déjà repu d'habitudes, je fonds sous trente-sept degrés de lassitude.

Il me faudrait…

Mille forces…

« Mon monde, tu fonds et moi, je me morfonds,
Tu perds de tes beautés, elles sont absorbées
Par le monstre des Enfers qui, par son tréfonds,
Laisse gueules béantes et peau calcinée

Dévorer faune et flore. Et cette hideuse hydre
De Lerne, de mythe en réalité s'affaisse,
Souffle par son haleine poison et acide ;
Il faudrait mille forces de mille Héraclès,

Mille efforts conjugués, un par pleur déversé
Dans l'abreuvoir de haine où je me noie déjà,
Pour couper une à une, pour occire à jamais
Béances fétides grouillant sous nos pas.

Mais diable, elles repoussent ces têtes ardues,
Pollutions, destructions et fissions.
Amertume, tu gagnes. Monde, où sont tes rues
Où nos vraies saisons jouaient leurs partitions,

Où naguère flottait l'effluve enchanteresse,
Où, jadis, en nos eaux, filaient les belles jonques.
Il faudrait mille forces de mille Héraclès,
Diable, nous sommes mille fois mille… donc… ! »

Un bruit me murmure à l'oreille que j'existe, c'est le bruit de mes pas sur un bout de ma piste.

Il fait encore nuit et mes fragments d'envies commencent à grandir, pousser rêves finis.

Il fait si froid au cœur quand je quitte mes draps, quand l'habitude, en mon seul quotidien, est là... Je me lève et je vois que les instants qui passent sont les photos de moi qui se noient dans la glace de ma vie...

Les sentiments qui m'étreignent fort, ceux qui font si mal quand tout seul est mon corps, me font à l'intérieur comme coups de tambour, et puis rendent mon cœur malheureux et si lourd.

Mais vivre c'est déjà pousser mon horizon, agrandir mes décors au-delà des fictions, c'est laisser tout mon temps s'habiller de réel, et pouvoir me donner le piment et le sel de ma vie, celle qui se reflète là-bas dans la glace de mes fantasmes et états.

N'empêchez pas la vie de me tendre un regard, jeter son dévolu sur l'inflexible espoir, qui me tient, qui me hante et me berce les nuits, qui couvre tous mes jours d'instants indéfinis.

Glace de vie, dans mes envies si temporelles, plaque sur moi tout un trésor de joies réelles.

Je vois venir...

Xénos l'Inquiétant

« Il a l'étrange profil de l'ombre filante,
Enveloppant le tout et puis le reste aussi,
Dans nos jours s'éveillant, dans nos nuits indolentes,
En ces lumières factices, en ces plis

De clarté artificielle, il apparaît,
Louant le dieu des gouffres de ses états,
Pour qu'il le maintienne droit et ce, malgré
Ces flouesques volutes, qu'il le cale droit

Afin qu'il s'immisce, lui, le trouble, l'étrange,
Dans carrés de vie aux angles bien portants,
Dans nos damiers de nuit où les mains, les phalanges
De la presque mort soudoient nos pauvres étants.

Il est *Xénos* aux talons "narguilé", au corps
"Opiacé", nouvel effluve nous faisant,
Semelles au vent, grisés par d'autres décors,
Danser dans l'auréole de l'Inquiétant. »

J'ai puisé à ce jour qui s'éteint dans mon âme, le breuvage incolore et qui, tout mon cœur, damne. Le décor de l'enfer, aux flammes si puissantes, brûle devant mes yeux d'une folie ardente.

Aux racines du mal, j'ai tiré la substance d'une tristesse entière enfermant l'impuissance ; et la fleur qui vivait à l'air d'un autrefois, a perdu les couleurs et les sons de sa voix.

Aux racines du mal, la poussière n'a place ; la plainte calfeutrée fait que tout cri s'efface aux yeux de cette nuit qui doucement descend, faisant de son étoile une traînée de sang.

Pandémonium

« Dans l'arborescence de l'œuvre incandescente,
Où Dante, peut-être un jour, a vu ses démons,
Où Lucifer grave ses folles déraisons,
Vous êtes sève maudite ; où est l'Atalante,

Muse antique de l'art, jusqu'à ces jours si sombres,
Qui berça l'Œuvre Antique et qui mon cœur emballe,
Égérie féconde qui, dans cette pénombre
Qui sied à notre cru, là, au tribunal,

Où Satan convoque les déroutants valets
D'un chaos grandissant à mesure du temps,
Par sa propre aisance, armée de ses souhaits,
Assura sa défense, Ô temple impénétrant.

Vous qui ne savez rien de cette beauté,
De cet art habillé en costume de scène,
Restez décadents comme foi, pape ôtée,
Inquisiteurs, au *Pandémonium* suprême. »

Je suis là, seul, comme un grain de sable perdu au milieu de la mer se retirant battue.

Je donne mes pensées au vent, car, les garder, c'est mourir bien plus seul qu'une minute usée.

Là, tout seul, au milieu de mes pensées qui suivent le flanc de la montagne à l'esquisse furtive, je m'accroche aux ailes de ce puissant oiseau, abandonnant mon corps à l'extase d'en haut.

Je suis…

Orateur fou

« Louez l'orateur fou, car il a tout en lui,
Passion déchaînée de la vibrante aimée,
Vision éthérée de son astre qui luit,
Dévotion sans faille à l'âme cultivée.

Oui, il a tout en lui, et son semblant défaille,
Du haut de sa chaire, il proclame, flamboyant,
Les mots, dont la hauteur, issue de son poitrail,
N'a d'égale que celle des fiers combattants

Aux vocables déclamés, aux pupitres, feints,
À l'ouïe des humbles, naïfs en l'assemblée,
Aux acerbes diatribes, en leurs lutrins,
Lancées telles des flèches aux dards destinés

À clouer à jamais le bec aux vilenies
Reçues. Louez l'orateur fou, lui, échevin,
Prince en son royaume, v*eni vidi vici* ;
Il pourfendra l'injuste et de son sein

Coulera, nauséabonde, l'humeur putride
Qui nourrira le cloaque, à jamais corrompu
Par l'immonde chimie dont vous êtes l'acide.
Louez l'orateur fou en son antre reclus. »

Tout ce chemin me mène où je n'existe pas, dans la belle prairie de l'infini pourquoi, dans un marais de cris qui se poussent, se meurent, dans le torrent de mort qui rit et sonne l'heure.

Je marche sans la vue, je piétine la vie, l'herbe tendre à mes pieds et puis l'eau dans son lit, le clin d'œil amical de l'arbre et sa couronne, enlèvent de mon pied le clou qui empoisonne.

S'il me prend ainsi une envie de pleurer, aux rayons d'un soleil ne cessant de brûler, toute larme éparse se change en la rosée, qui, au matin, s'étend sur la nuit sacrifiée.

Tout ce chemin m'enterre en de tristes endroits, sous feuilles de malheur et sous fleurs des émois, et mon âme pleureuse, espérant tombe belle, a fini de pleurer sous nature et soleil.

À l’abandon du temps

« Il marchait, déjà prompt à la déliquescence ;
Le hère informe, infirme, le regard jeté,
Papier mouillé, buvard d’eau, évanescence
Du tout en un néant sans limite, errait,

Comme une ombre, sur un mur, danse, mais n’existe
Que le temps d’une clarté qu’il n’a plus, lui qui,
En sa honte pliée, rangée, déjà sinistre,
Vêt son élimé raglan sombre et noir de plis.

Tous ces plis, ces blessures sèches aux stigmates
Laissées, telles des marques de naissance, presque,
Sur un corps qui n’est plus que frise délicate,
Tous ces plis sont, pour lui, les rideaux de ses fresques.

À l’abandon du temps, il soumet sa prière,
Exhortant Dame Mort à lui donner un sens,
Car ses plis sont de sang et ils touchent la terre,
Déjà prompte à enfouir sa déliquescence. »

Le vide me fait mal, mais il faut que je parle, que je crache ce qui, dans mes circuits s'étale, larme acide, mortelle, tumeur dans cerveau, ces lésions qui sont là, cruelles dans leurs maux.

L'indifférence gagne et regarde devant, mes souvenirs jetés me font pleurer pourtant ; sur l'onde belle et calme, où dorment les étoiles, flotte mon avenir couché dans de longs voiles.

Aussi, dans la forêt, où mon esprit s'exile, un vieux souvenir sonne et recherche son île ; souviens-toi que le temps est un joueur avide, ton âme a toujours soif, se déchaîne… et se vide.

De Satan ou de Dieu, qu'importe, Ange ou Sirène, Rythme, parfum, lueur… Ô, mon unique Reine, l'indifférence tient et fait, par son parcours, l'univers plus hideux et les instants plus lourds.

Aux sillons d'épître

« Porte fermée, nouvel écueil à la parole,
Où sont les mots ? Ces braises internes n'attendent
Qu'un souffle infime, bout d'air en nous, et s'envolent
Mettre aux sillons d'épître falun qui amende ?

Les rues filent, exsangues de fertilité,
Car l'humain qui y creuse un fossé où s'étendre,
Où poser son liant mort, n'a su, éveillé,
Mettre aux sillons d'épître falun qui amende.

Le malheur est là de n'être qu'un bout de vide,
Simple bille d'airain muette et descendante
Vers l'envers de sa vie ; le mort ne peut, fétide,
Mettre aux sillons d'épître falun qui amende. »

Jamais, plus jamais, des croix sur des enfants, enfants sur des ruines, ruines pour les vivants ; jamais, non plus jamais, la mort vue dans des yeux, yeux repus de larmes, larmes pour un adieu.

Nous voilà au-delà de l'Erèbe, sur les rivages du Styx, où les Méchants se doivent de finir leur ère. Ils n'ont de place en notre vie, ils n'ont de place en notre mort.

Lisez leur histoire…

Épisode 1

Au-delà de l'Érèbe

« Érèbe, divinité infernale, là,
Dans ton manteau de feu, en ton incandescence,
Où les joutes ne sont qu'entre os et putrescences,
Broie les Méchants et, eux, comme on fait d'un fatras,

Au chaos, jette-les et que le feu consume
Jusques aux nerfs profonds et aux silences même,
Que rien de l'avant ne vienne à son terme,
Que ton courroux, forge soufflant, ne les rallume.

Et, au-delà de Toi, toi, Érèbe Déesse,
Par-delà tes limites, que les Méchants, enfin,
Le peu qu'il en reste, leur méphitique plein,
Flottent en leur oubli… nous, en notre liesse.

Érèbe, divinité infernale, là,
En ton âtre rugissant, ire de Vulcain,
Fais que tous ceux, déjà affreux en leur levain,
Vaguent en leur Enfer primordial déjà. »

Épisode 2

Les rivages du Styx

« C’est l’endroit où règnent les affres de l’après
Vie de forfaitures et puis d’ignominies,
Où le sang en vos veines, noir des sucs mauvais,
Coulait. Regardez, voyez, Charon, voici,

Fils d’Érèbe et de Nyx, des Ténèbres et Nuit,
Celui-ci, sans pitié, refusera l’accès
Au tribunal des Morts à ceux, bien démunis
De l’obole même, ce droit de traverser

Le Styx afin d’être confiés aux Suprêmes
Juges des Enfers qui, au travers des sentences,
Vous laisseront, âmes justes aux volutes extrêmes
Ou alors damnés fats à l’éternelle errance.

Vous tremblerez, carcasses, mais n’ayez de craintes,
Même sans sou remis lors de la diatribe
Funèbre que vous aurez subie au-delà de vos plaintes,
Charon vous donnera, comme on jette une bribe

À un mort de faim, une place en sa barque,
Et vous mènera, aux détours du tumulte
Du Styx, au Sanhédrin, où chacun des dyarques,
Du Bon et du Mauvais, jugera de l’Insulte

Que vous avez commise en vos actes barbares.
Mais, avant de paraître aux Assises des Morts,
Charon dans sa rigueur, lui, bilieux vieillard,
Vous laissera rôder cent ans et plus encore. »

Épisode 3

« Je suis l’Au-delà »

« Au tout début de mes instants, là où rien
Ne me destinait à être protubérance
Ou excavation en ma bulle d’errance,
J’ai pris l’air et en avoir fut comme un lien

Ténu, mais déjà fort, oyez gens de l’avant,
Qui m’avez connu faible détail de vie là,
Ténu, mais déjà fort en mon poste vacant
Déserté pour un après : “Je suis l’Au-delà”.

Avenu pour fouler d’un pas qui se veut sûr,
Mais qui, sûr de rien, a fait l’impasse, celle
Qui omet les détours aux offrandes impures,
Né pour fouler d’un pas sûr, je suis, tu… puis elles…

Compagnons égarés sur traverses de rides,
Mes instants solitaires ont vécu, sont vaincus
Par le temps, misérable mollusque lapicide,
Incrusté aux prémices de ce qui ne fut.

Déserté pour l’après, car Je suis l’Au-delà,
Mon monde a perdu souffle, mort déjà né,
Me jetant, corps et âme, aux confins de l’état
Me voyant mage archaïque en mon Élysée. »

Épisode 4

J'irai me repaître sur vos tombes (en Styx)

« Dans mon indivisible, étendant vos écarts,
Vous, peintres de l'abstraction aux pigments sombres,
Comme une houle folle fouettant l'étendard
D'un bateau perdu qui se lamente et sombre,

Noircissez ma galère où je me tiens droit,
Repoussant rideau d'eau où d'autres vies succombent,
Je n'irai vent debout, retournant mon endroit
Selon votre vouloir et dans votre pénombre.

N'y songez même pas, vos âmes calcinées,
Telles cendres mauvaises, scories qui obombrent
Mes insécables sillons de vie désirée,
Dans l'eau tumultueuse, déliteront leurs ombres.

Et là, ma galère, mon bel esquif dansant
Sur la mer calmée, enfin, moins furibonde,
Me transportera au lieu de vos restants,
Et sans pleurs, j'irai me repaître sur vos tombes. »

Épisode 5

Le geôlier de, (vous), trépassés

« Le fer, dissous en cette eau et qui s'accroche
À vos membres de néant, vous, disparus, j'en bave,
Fera à vos molécules comme l'entrave,
Comme la chaîne du prisonnier qui hoche

Son corps condamné entre deux murs qui tendent
D'un tout vers un rien pour un jour se confondre.
Le fer lysé, en cette aquosité, vous sonde,
Vous maintient au fond en ces sables de landes.

Vous ne bougerez plus, scélérats de l'avant,
Vous engraissez poissons en gouffres abyssaux,
Depuis que vos misères, en ces indomptés flots,
Noyèrent à jamais leurs coulures de sang.

Jamais ! je ne veux qu'un dieu, s'il en est un,
Puisse remodeler votre glaise mouillée,
Pour refondre la haine et du sable souillé
Par vos infimes restes, en tirer le malin.

Je ne veux pas qu'il existe ce démiurge,
Il ne serait dieu pour cette forfaiture,
Car vous ramener à la vie serait brisure,
Nouvelle ancre jetée en nos eaux qui s'insurgent.

Alors, ma barque là, fidèle et aux aguets,
Mon corps dedans jusqu'à mon agonie écrite,
Cerbère de vos Enfers, gardien de vos fuites,
Je serai le geôlier de, (vous), trépassés. »

Épisode 6

À cette engeance de maux

« Vous venez de disparaître en l'eau, votre tombeau,
Plus d'écorce vous tient, délités noyaux,
Déportés loin de l'âme des gens qui bataillent,
Ceux que vous preniez pour simple valetaille.

Vous les méprisiez au point de les occire,
Aphrodite et Eros sont morts en vos soupirs.
Vous étiez couperet de la Faux vaquant
Aux lugubres excoriations du présent

De l'humanité. Je vous maudis toujours.
Désolé, mon cœur si là, si lourd
De vous savoir encore corpuscules, laides
Bosses des monstres des Abysses, avec l'aide

D'une chimie mauvaise, enfanter haine neuve,
Mon cœur si las, si lourd, à l'espoir s'abreuve.
Vous venez de disparaître en l'eau, ce cénotaphe,
Qu'il soit vide de vos mémoires, sans épitaphe.

Pourtant, crainte subsiste que, de ce tourment,
Où je vous veux baignant, où je vous sais présents,
Naissent, bouillonnant, les pustules nouvelles
De votre descendance, sous notre ciel.

Si vous faites place à cette engeance de maux,
Implacable sera ma vengeance des mots. »

Épisode 7

Anathème

« Certains vous pleureront ; de leurs larmes salées,
Naîtront des affluents, le Styx, gonfleront,
Et vous, de vos ténèbres, enfin, en vos fonds,
Vos plaintes en votre Érèbe, folle inanité,

Comme un souffle ultime d'une vie dernière,
Chercheront en eux, l'écho d'un éloge belle,
Comme le condamné, en son âme infidèle,
Déjà étoile morte, en l'infernale sphère,

Déjà un monstre chtonien en son enfer,
Souhaite encore indulgence des âmes justes,
Vous, en votre Érèbe, vos traits de Lucifer,
Sur l'onyx gravés, sur ses sillons, incrustent

Leurs éternités ou leurs miasmes putrides,
Vous inspiriez la peur, vous sentez l'oubli,
Vous êtes reflets morts, à jamais apatrides,
Errant, fantômes, rien ce jour, demain pis.

D'autres exulteront ; et au vent de naguère,
Mauvais s'il en est, qui véhiculait la haine,
Succédera le zéphyr pour calmer nos terres ;
Sanglots longs, l'être bas, frapperont d'anathème. »

Épisode 8

La Toussaint éternelle

« Je dors… non je sommeille au bord de votre gouffre,
La Toussaint n'est éternelle, les fleurs le savent,
Elles qui, séchant aux vents qui s'engouffrent
Dans les nécropoles humaines, leurs suaves

Senteurs, perdent, et aux pourrissoirs finissent,
Nourrissant, *in facto*, la poursuite du temps.
Les étoiles de mer, vos compagnes, filant
Dans cette eau souillée par vous, rejets, immondices,

Ces étoiles amères brûlent leur beauté
Aux acides méchants, aux poisons délirants,
En vos temps cumulés, par vos flancs libérés,
Vous êtes pourvoyeurs de mort, même expirant.

Vos rires d'écumes exhument leur rictus
Du flot où vos morts vous souhaitaient ardemment,
Que Dieu décideur, lui bifrons, lui Janus,
Puisse fermer à jamais la porte de l'avant.

Je dors… non, je veille encore, sans concession,
Au bord de cet *aven* où dorment vos douleurs,
Quand novembre sera, les justes s'inclineront,
La Toussaint n'est éternelle que grâce aux pleurs. »

Épisode 9

Ce soupir sépulcral

« Là, l'eau dort et sa platitude me rassure,
J'ai cru m'être assoupi et voir le temps filer
Au-delà des nuages moutonnant en l'azur,
Au-delà des mirages des instantanés.

Dans ma barque, veilleur, comme je l'avais dit,
Fidèle en ce poste, comme gardien de phare
Scrutant la mer vile, prête à ôter la vie
Au marin naviguant au gré de son hasard,

J'épie l'étendue se portant à mes yeux,
Brûlant presque ma rétine au feu du soleil,
Comme un être flamboie sous les dards amoureux,
Use de bonté et néglige le fiel.

Je guette cette étendue d'eau, cette eau tombale,
Diluant, où s'altèrent vos poussières d'os ;
Vous, délétères, vous n'aviez que le râle
De la bête mourante au rythme de vos crocs.

Là, l'eau dort et sa platitude me susurre
À l'oreille, par son si doux balancement,
Que le fauve, en son creux, s'est abîmé, c'est sûr,
Qu'après mon œil soit flatté mon entendement.

Ce calme est pour moi comme un repos d'un enfant,
Il est apaisement en mes nuits de rafales,
Quand vos égarements étourdissaient mon temps,
Vos spectres hantent-ils ce soupir sépulcral ? »

Épisode 10

Mon âme guerrière

« La perfection n'est pas de ce monde et puis,
Au-delà de l'Érèbe où vos forfaits vous ont
Dénués de tout sens modelant la vie,
Au pied de vos lettres, écrivains abscons

Du livre de l'horreur, au chevet de vos mots
Tracés au sang des autres en sillons de haine,
Couchés aux millénaires où s'étendent les maux,
Leurs séquelles dansant sur méphitiques scènes,

Au-delà de l'Érèbe et du Styx rugissant,
N'espérez, êtres bas, n'espérez être là
Que l'espace d'un souffle, aux cendres, renaissant,
Qui, du feu de l'Enfer, votre hôte et votre Roi,

Attiserait la flamme, au retour destructeur,
Que nul sur cette terre, si ce n'est votre apôtre,
N'espère. L'être bon a de cela au cœur,
Le baume correcteur quand vous avez la faute.

Prier, que nenni ; je ne prie plus, je saigne.
Dieu a déserté, depuis longtemps déjà,
Mon corps où, fut un temps fort, mais si court règne,
Coulait la rêverie aux ports de mes états.

Depuis lors, couve en moi le feu de mon enfer,
J'y ai consumé mes joies adolescentes,
Mais, au moins, ont grandi en son brûlant parterre,
Mon âme guerrière et ses lances ardentes. »

Épisode 11

« Charon est mort ; ma nuit s'est remuée au point
De renverser mon corps ; il n'est donc plus de droit
De passage vers l'Erèbe et le retour, là,
Diantre, est-il possible ? C'est laisser au malin,

Non, je ne peux y croire, les rames et l'esquif
Pour fendre les eaux du Styx et ses remous forts,
Et regagner les berges sans heurts, sans récifs.
Non, je ne peux y croire, les cendres, et leurs torts

À venir, ont muté en mollusques cruels,
Dans leurs eaux sombres, en leur lavure de chair.
C'est la métamorphose, résurrection telle
Qu'en vivre la passion souillonnerait mon ère.

Mais je ne suis pas mort, la vie, vous ai-je dit,
A laissé de l'ardeur en mes membres ; je crois
Qu'il me faut réajuster mes cotes, mes plis,
Pour seul combat qui vaille la peine… et sa croix.

Charon est mort ; le Styx est orphelin ; et sourde
Est l'haliotide et son mal résurgent.
Devrai-je être celui, que la charge serait lourde,
Filtrant cette eau malsaine et ces hydres flottantes ?

Cette nuit s'éternise et le retour du mal,
Épidémique squirrhe en notre pauvre plèvre,
En nos thébaïdes, garantit son étal,
Mes monstres me raisonnent, mon corps se relève.

Mon corps, nouveau Charon, à l'extase, me porte ;
Ayez pitié… de vous, la bête n'est pas morte. »

Épisode 12

En la ciguë aqueuse

« Ils reviennent… leurs raies exsudent de la bave ;
Ils sont là, rampants, glissants sans la moindre entrave,
Tels des points de suspension à la fin d'un message,
Filant un à un comme autant de présages.

Ils coulent en leurs traînées flasques sur les cailloux
Bordant le fleuve les ayant vus, déjà hideur
En leur renaissance, surgir en ses remous ;
Comment de l'eau peut naître le feu dévastateur ?

Styx, tu tires de tes fonds un font baptismal,
Pourtant, je te croyais seigneur en cette salle,
Où le mal est jugé et non pas consacré,
L'Erèbe attend ses morts ; et là, sont rejetés

Sur tes rivages, ces téguments visqueux,
Ayant bu par leurs pores, en ton sein, ton creux,
Le coulant substitut à l'air qui leur manquait ;
La vie, en ton aisance, a, leurs maux, ranimé.

Je songeais fort pourtant à m'en donner nausées,
Que les cendres du mal, ton fond, contenteraient ;
Mais je suis là, Charon, guettant l'humeur hydreuse
De la tête érectile en la ciguë aqueuse. »

Épisode 13

La vérité des maux

« Sont-ils, ces anciens humanoïdes, des débris vils
Du mal d'avant, reconstitués, à l'argile
Des fonds nauséabonds, en ces cosses graisseuses,
Laissant leurs bavures, damnation ignominieuse,

À nouveau s'étaler ? Je vois leur grouillement
Et j'en suis retourné ; tant de ces morts-vivants
À nouveau foisonnant, moi Charon pris au jeu,
Je les puise au tamis, mais, hélas je ne peux,

Car le nombre est trop grand, endiguer cet afflux.
Ils ricassent en flirtant avec mes mailles nues,
Et leur puanteur, cloaque lâché au vent,
Jette mon intérieur en un écoulement.

Je me remets vite, je ne peux défaillir,
Car, le faire serait leur laisser tout loisir,
De tremper à nouveau par leur fluide corrompu,
Courtils édéniques où la vie vaut la vue.

Mais ils ricassent là au détour de mes mailles,
Ce sarcasme afflué ne me dit rien qui vaille ;
Et l'impromptu de ce cri en moi fait écho,
Porte en ses entrailles la vérité des maux. »

Épisode 14

Au gibet de mon crible

« Et l'incurie en moi est racine profonde,
Me voilà, Charon dépouillé de ses traits d'homme,
Qui aveugle ne voit, qui crie plus qu'il ne nomme,
Qui, Sisyphe boit la crue qui, sans cesse, inonde.

Et ce renoncement, cette rusticité,
Fait de l'être en mon sein, enfin, celui défunt,
Reposant au filtre d'avant, en son lointain
Sujet, reliquat d'homme à ne plus vénérer.

Je suis Charon et l'Au-delà ; que cette Erèbe,
Enfer des Injustes, me voit épurateur,
Liant l'un avec l'autre ces gluants corrupteurs,
Voulant oindre à nouveau, peuples et plèbes,

Au sortir du Styx, de leur jus délétère,
Et les jeter au feu de mes volcans internes ;
Je ne suis plus corps, mais diable en mes cavernes.
Riez, mais en ma main, la nasse se resserre.

Cette ascèse, austère demoiselle fébrile,
Fait de moi, nautonier, passeur humble, aux Enfers ;
La claie étrangle fort, regardez les Cerbères,
Ils guettent votre union au gibet de mon crible. »

Épisode final

e plurubus unum

« Surgis de la brume Styxienne tels des
Fielleux bavant, ils sont un en mon piège ;
Mon ton sentencieux, au mal qui se relève,
Doit le pendre en mes fils et le rendre à ses faits.

Que le travail est dur, il épuise ma face,
Il la rend liquescente, fluide en la coulante
Marée d'empyreumes, pléthores en surface
De ce Styx profané et ses courbes mourantes.

Le mal est si amer et sa coque si rude,
Que Charon voit, enclin à le fondre en l'Erèbe,
En ce bassin d'eau perdue, sève qui exsude
De son bois supplicié, presque mort, en cette èbe.

Presque mort… ? Mais, exhalant encore un soupir, là,
Au bord de ce bouillon où le fétide jus
Boit les rives du Styx et bien au-delà ;
Ses couleurs changent sans adresse de crue.

Oui, je dois tenir, car l'innommable renaît ;
À ces pustules, en mes filets, prisonnières,
Mes foudres seront en leurs pores satanés ;
Que ces éclairs accablent stomates, cratères.

Surgis de la brume Styxienne, tels des
Monstres abyssiniens, vampires, bathynomes,
Un à un, ils seront en ma prise enlacés,
Unique sphère hydreuse, *e plurubus unum,*

Unique sphère hydreuse, à couper, à jeter,
Croyez en mes relents de haines, au sang, mêlées. »

Morale

Utopia

« Oh oui, je le sais, je ne peux que le rêver,
Ce monde où la bonté serait en filigrane
D'un papier d'amour aux pics comme montagnes
Et aux vals de bonheurs, comme tous ces creusets

Où se mêlent le bon et le beau, où affleurent,
Aux stries du temps passé, aux pores du repos,
L'adjuvant nécessaire, un parfum pour nos fleurs ;
De trop m'en oindre ne me paraît pas si sot.

Je veux respirer le voluptueux effluve,
Humer l'air d'un temps où les senteurs d'avant,
Des vases funéraires, fossiles étuves,
Tendraient à nouveau leurs orbes dilettantes.

Oh oui, je le sais, je ne peux qu'y songer…
Utopia est reine en mon monde ici-bas,
Les monstres d'éternité creusent les fossés,
Ces fossoyeurs rient fort autour de ces trous-là.

Mais pourtant, à l'instar de Ponce de Léon
Voulant sa fontaine de jouvence éternelle,
D'Arthur, son Saint Graal, en sa juridiction,
Ma quête serait l'éclipse du “so” fiel. »

Qu'espérer ? Si ce n'est

Les métamorphoses du vide

Espoir 1

Ex nihilo

« Mon chemin dérobé coule dans l'étendue
De la canopée de mes volutes élues,
Et mes bras ouverts, comme une croix glissée,
Implorent et s'étendent toujours à la tombée

De mes instants ; je songe, j'épie mes moments.
Vont-ils s'assagir ou me harasser de tourments ?
Oh ! file désespoir, au vent va te mêler,
Que tes amertumes se noient en la rosée

De mes matins sortant du cocon de mes nuits,
Où le rêve étale diamants et rubis,
Où le monde est doucereux, où le genre est beau,
Où tout recommence, V*irgin ex nihilo.*

Comme au diapason, le La nous émerveille,
Et offre à la musique la voie où étincelle
L'harmonie superbe qui transporte toute âme
A la félicitée, Oh ! que la beauté damne,

Fais-moi, vie qui me reste, don, je t'en prie fort,
Fais-moi, sève féconde, offrande de ce corps
Où la suave entente aux cris faisant écho,
Ferait renaître la bonté, *ex-nihilo.* »

Espoir 2

Les êtres et les choses

« Le vide et le néant, les êtres et les choses,
Où vous situez-vous, compagnons de ce monde ?
Êtes-vous la gangrène de ceux qui imposent
La force du rocher au sortir de la fronde,

La puissance des biens, inique partage
Entre le petit rampant au flanc de sa morale,
Et le ver luisant en haut de ses étages,
Dans sa tour abrupte aux prismes insécables,

Réfractant la lumière, aux siècles, occultée ?
Ou êtes-vous la belle abstraction
Du fourniment complet, cheptel labellisé,
La transcendance ployée figeant, de ses raisons,

L'essentiel au sein même de ses étais ?
Le vide a l'omnipotence et sa couronne ose
Absoudre les péchés du néant, l'évider.
Le vide, c'est l'être, le néant, c'est la chose. »

Espoir 3

Écorce et noyau

« Vous avez ma passion au flanc de vos pentes,
Je vous la livre écrue, foisonnante démente.
Elle a la sombreté d'un soir qui s'évacue,
Du fluide nuitesque aux étoiles branchues.

Le noyau de mon âme explose en fibres dures,
Il a l'obsolescence du diamant pur ;
Ses marbrures et veinules me survivront,
Car elles sont les traînées de sang aux sillons

De mes mots lâchés sur le papier. En terre,
J'ai vécu, aux pleurs, j'ai tant bu et là j'enterre
Mon cœur bouillonnant et puis mon noyau solide
En un caveau fermé, aux parois translucides,

Ne laissant à loisir, qu'aux traits de lumière,
Le pouvoir d'y entrer. Mon noyau solitaire,
En ses transes cloîtrées, en son espace clos,
Respirera sa croix comme un martyr des mots.

Ma peau s'estompe, évanescente en son miroir,
Mais le verbe a toujours une place à asseoir
Au vocable naissant qui, ma gorge, siéra.
Détruisez mon écorce, mon noyau vivra. »

Espoir 4

Les métamorphoses du vide

« Vite, allez, dépêchez-vous, criards de haut vol,
N'oubliez pas qu'en votre Styx et son survol,
On ne doit plus soupçonner une once livide
De vos âmes damnées hantant tous nos limpides

Ruisseaux et rus, comme la faux, proche voisine,
Vogue, en alerte, sentant proche victime ;
Vite, dépêchez-vous d'effacer de ce livre
De la Vie, votre impromptu passage qui livre

À ma haine vos actes. Comment ne penser ?
La rancune tenace s'endort à mes côtés,
La vengeance n'est pas belle me crie mon for
Intérieur, mes sangs sont rongés ; mais se tord,

En mon apostume gonflé et douloureux,
Votre pus. Je dois inciser et, au feu
De la flamme rédemptrice, aseptiser
Le sillon meurtri et le mal qui s'y fait.

Enfant, en la mer du temps, je plongeais, béni,
Naïveté était fille de rêveries,
Le Mal était déjà, le Démon est vieux,
Il lançait ses dards, mais n'atteignait mes cieux.

Grandissant en silence aux portes de mes sens,
J'ai consenti au temps le port de ses souffrances,
Jusqu'au jour où, devant les malheurs, impavide,
J'ai désiré les métamorphoses du vide.

Les êtres, c'est le vide, les bien nommer, je n'ose,
Je rêve, encore enfant, en leur métamorphose. »

Espoir 5

Une phrase profonde

« Ô Instants suprêmes où je me raréfie,
Où je succombe au flot du néant attracteur,
Où sa superbe force engloutit mes envies,
Où seul le besoin naît en substance du cœur,

Soyez prompts toujours à n'être que réducteurs,
Au fur et à mesure que ma fin arrive,
Au fur et à mesure que volent mes ardeurs,
Au vent brûlant de mon Enfer où je dérive,

À n'être que réducteurs de l'univers visible,
Où se contractent mes pulsions intestines
En la singularité qui se veut indicible,
Au fil du temps passant, mais pourtant se dessine.

Ô Instants suprêmes où je me fluidifie,
En un sang rédempteur coulant au lit reclus
De l'homme s'apetissant, qui toujours sourit
Au flux médisant des hommes déjà perdus,

Soyez prompts à me mettre en un cocon étanche,
Où la chaleur poindra en densité qui sonde,
Faisant de mon point la singularité franche,
Et de ma douce mort une phrase profonde. »

Espoir 6

Paréidolies

« Vos traits d'avant se dessinent en paraboles,
Ellipses, figures où les points caracolent,
Telles des semences sèches demandant au vent
De les mener aux pleurs pour germer dans le sang.

Je vous vois partout et l'ombre que vous me faites,
Oh ! insipides gens, oh ! si funèbres restes,
Est autant dame noire en son antre recluse,
Stigmatisant le corps de la science infuse,

Que celle, vagabonde, chimère de l'instant,
Qui est là où je suis, qui, venin, se répand.
Mais toutes deux êtes là dans mon être las,
En mes nuits agitées, vous déambulez là,

Entre le rêve d'hier qui, donné, se dérobe,
Et cette hallucination en naissante robe.
Vous êtes là, Ô fresques, volutes nappées
De mes divagations ; mais j'ai peur d'errer

Jusqu'à ma fin en mes fièvres si larvées,
Vous devinant en des lieux, imprégniées
De la cire durcissant vos traits de folie ;
Et vous me hantez ainsi, *Paréidolies.* »

La morsure des Sycophantes

« J'ai de la peine, mon Dieu, pardonne-leurs,
Car ils ne savent non plus ce qu'ils nous font,
Lorsqu'en leurs propos dévastateurs, moribonds
Discours qui blessent ou qui tuent, eux, lâches délateurs,

Qui par mépris, oh ! tristesse lourde et infinie,
Ou méchanceté, oh ! honte en veine coulante,
Par leurs actes verbaux ou gestuels, étendent
En la blessure ouverte, poison et sanie,

En la blessure ouverte de l'être déjà bas,
De laquelle coulera, déjà proche du sol,
S'y confondant comme le sacré en l'étole,
La larme salée au lac mort de l'au-delà.

J'ai eu, en mes flancs, les crocs bien acérés
Des fauves élancés à ma suite ; la chasse
À coure où l'agonie sauve quand elle enlace,
Alors que la survie nous laisse écartelés

Entre pleurs souterrains et la camarde lente,
Cette traque abjecte et ses mots gestapistes
Mourront et avec eux les relents vichystes,
Liniment sur la morsure des Sycophantes. »

Espoir 8

Un fragment d'éternité

« *Ubi non est insania*. Du contenant,
Espace de feu brûlant, au fer rougeoyant,
Tout ce qui, de l'extérieur, adviendrait,
Comme ennemi pulsant ses inimitiés ?

Du contenu, lave ne pouvant oindre, soufre
Qui n'espère plus, à l'exutoire des seuls gouffres
Sur peau, tels des volcans éteints, tels mornes horizons,
Décharger, pores bouchés, son odeur de saison

En enfer enfantée ? Mes sels fondent, se fondent
En ma blessure interne aux nervures profondes,
Se fondent tel le noir en un ciel d'absence,
Et cette efflorescence boit mon eau en substance.

La raison jauge tout à l'aune du présent,
Mais alors, souffrez donc, hominiens déments,
Que mes folies, en mes quantièmes lestées,
Soient pour vos temps comme un fragment d'éternité. »

Espoir 9

Entre lames et fumées

« Le vent fouette l'arbre, le gifle et le tord,
Il lui soumet sa force et enserre son corps,
Comme pour prédire au végétal se pliant,
L'agonie de ses fibres et la fin de son temps.

Le vent mord l'arbre qu'il a choisi, vent,
Souffle mort qui, de l'arbre précédent, attend
Qu'il se jette en lames en un cercueil fini,
Enfermant vos anciennes et tristes vies,

Ou qu'il monte en fumées sur un feu étourdi,
Comme les antiennes et les litanies
Que vous, en vos éclairs, tels des saints dévoyés,
À vos dieux ou démiurges, envoyiez.

Entre lames et fumées, la fin est étuve ;
Que les clous brident l'espace de vos effluves,
Que les volutes, en leur bal, délaient vos cendres,
L'Enfer et sa cohorte d'ombres vous attendent. »

Espoir 10

La *cena de le ceneri* (Le banquet des cendres)

« Je n'ose y aller, car la crainte est toujours là,
Aux agapes des Morts, d'être assis, pourquoi pas,
À côté d'un de ceux dont la fluente mine,
Cette mue, exuvie, passée à l'étamine,

Du temps de son vivant, par mes pics, par mes flèches,
Viendrait balbutier entre ses chailles sèches,
Ses railleries funestes, déchets virulents,
Au *caput mortuum* de mon entendement.

Même si j'étais, comme roche métamorphique,
Lisse à ses élucubrations dantéiques,
Glissant telles coulures sur mon dépouillement,
Son Lémure serait, en mes transes, dormant.

Je n'ose y aller, car, sur la scène, il rit,
Il ricane à la *cena de le ceneri*,
Et sa fluente mine voit ses plis s'étendre,
Pourtant, je le pensais à un banquet de cendres. »

Espoir 11

À l'âge grisonnant

« Ce qui reste demeure, au-delà de l'avant,
Ce qui persiste, signe, à l'infini du temps,
Et l'être à demi-maux, dans son sillon d'aisance,
Sur ses racines nues, pourtant riche de sens,

Marche ou flotte selon la drogue du moment,
Avalée au matin quand la nuit redescend,
Quand le rideau brumeux des songes qui font mal,
Tombe dans le tamis du jour et son étal.

Ce qui reste, demeure, oh ! prisonnier las,
Ce qui persiste, signe, oh ! évadé, là-bas,
Où l'être à demi-mot qui écrit, qui s'écrie,
En ses racines nues, puise le sang maudit,

S'en abreuve et grandit, jetant au feu divin,
Restes du blé meurtri et le mauvais levain,
Qui lui ont garanti dans ses tristes hivers,
L'écuelle vide dormant près des couverts.

Ce qui reste, demeure, au-delà de l'avant,
Ce qui persiste, signe, à l'infini du temps,
L'être a pris son envol à l'âge grisonnant,
À ces sillons d'antan, sa mue séchée, laissant. »

Espoir 12

Et le rideau enfin…

« Si la peine à la larme à faire le sillon
Sur tes joues ridées à force de pleuraison,
Si la vie a le drame à bleuir tout ton cœur,
Et le laisser rocaille au désert des heures,

Alors, écoute ce passage, cet éclat
Oscillant fort en un travesti renégat,
Troublant mes assises depuis le temps d'avant,
Et ma poitrine souffle ses tiraillements :

“Oh ! promiscuité d'ici, oh ! rideaux du temps
Voulant, tel un faux cache tous les traits d'avant
Sur la peinture originelle où le sang du génie,
Au calvaire d'art, au supplique des lavis,

A coulé en la toile pour l'éternité,
Oh ! rideaux du temps dont l'opacité, ici,
Accentue mes travers aux grimaces mordantes,
Levez vos voiles, pour qu'en des ères changeantes,

L'horizon de mes esquisses, souvent inachevées,
Voit son étendue, en un marbre, gravée,
Comme les statues et les fresques anciennes,
En la chair du temps, laissent onduler leurs veines.”

Donc, cède à ce passage, l'impromptu verra
Un public venir et, averti, il sera,
Que ta pièce vaut le retour, un détour,
Et le rideau, enfin… se lèvera toujours. »

Espoir 13

La tempérance du rocher

« En son sol, son fief, son domaine immobile
Ou presque, en son socle dur ou bien d'argile,
Vestige d'avant que seuls les temps morts connaissent,
Il est là, aux regards éteints, montrant sans cesse,

Il est là, montrant sans cesse aux regards,
Des hordes et foules ayant, dans leurs hagards
Déambulements, aux siècles trépassants,
Croisé sa fixité et son enfermement,

Son histoire, lui reste de comète, enfant
D'une étoile perdue, fondue au firmament.
Observez ses traits tempérants, ses lignes sobres,
Ni rutilant habit ni magnifique robe,

Ni scintillement au feu des diamants,
Lui caillou posé là, dans le musée du temps,
Observez et voyez, comment la suffisance
Plaît au regard des gens… que vos excès offensent. »

Espoir 14

Au damier des heures

« Où sont les traces laissées sur les voies d'avant,
Au gris du temps d'alors, au doux soleil dardant,
Aux pluies froides d'hiver et aux secs vents d'été,
Où sont, sur les voies d'avant, mes traces laissées ?

Au ruisseau dégringolant comme mots en un livre,
Se sont-elles fondues et perdues en l'eau vive,
Pour laisser, à jamais, ce fluide, élégant sire,
En son havre liquide, noyer pleurs et soupirs ?

À la colline lançant son haut corps au vide,
Se sont-elles ancrées, telles éphémérides,
Ont-elles, jour après jour, lancé au temps passant
Leur négative empreinte, résolument ?

Dans la verdure belle de la campagne aimée,
Se sont-elles, promptement à l'herbe, mêlées,
Laissant ronde, insistant comme florilège,
Aller et revenir, virevoltant manège ?

Non, leurs marques sont là, en mes notes chantantes,
Accrochées à ma partition délirante,
En la gamme des mots, incrustant leurs saveurs ;
Le passé est pion aux damiers des heures. »

Espoir 15

Exhumant vos désirs…

« J'ai le cœur enseveli sous des limons secs,
Ils ont leur poids, et leur masse, oh ! lourdeurs dantesques,
Et mon sein a beau battre, intérieur vaillant,
Le sang en mes membres comme vent déferlant,

Je me meurs et emporte ce qui me porte, et
Puisque plus rien ne me lie, moi, trépassé,
Car rien ne me lie à l'air vivifiant,
J'ose poser mon ombre sur le soleil vivant ;

Et je ris, tremblant, moi, reste d'avant, mettant
Comme voile ectoplasme, le noir et ses ayants-Droits,
gris clair qui se dérobe à la volée de vie,
Gris foncé empreignant cette mort infinie.

Mourir seul, c'est mieux qu'être mal assisté,
Quand on part, le bagage est laissé sur le quai,
Nul besoin d'alourdir le bois qui vous transfert,
Il ne doit ses fibres qu'aux coulures de vers.

Je suis là, balançant comme un fétu véreux,
Dans le tourbillon de ma nuit sans fin. Vieux
Est cet ascaride vivant en mon costume,
Point d'oraison funèbre, dis-je, de posthumes

Déclamations qui rempliraient si bien,
L'avis de décès lu entre café et pain ;
Point, aux limons secs sous pont de vos soupirs,
De batelée de pleurs exhumant vos désirs. »

Au final…

Vos nuits sont mes matins

« Laissez-moi en mon monde où vous n'avez de part,
Écrivez votre livre où se morfond l'histoire
De vos temps égrenés en vos nuits délétères,
Je me contente fort d'un repos éphémère.

Je me lève et, déjà, mon esprit est en quête
Du fief de la connaissance et sa clé si secrète,
Dont seul l'exégète, par son œuvre foncière,
Est apte à déchiffrer le texte et ses frontières.

Quand les bribes d'avant décernent à vos violences,
La palme de la bêtise, car, enfin, l'anse,
Que vous avez en main, de ce panier de crabes
Où empeste la stupre, où les pinces se cabrent,

Vous la tenez si fort, en vos crocs, enserrée,
Si puissamment tenue, que vous transformerez
Les cinéraires belles aux rocs ensoleillés
En liserons accablant l'affectivité ;

En vos nuits si barbares, en vos lits tant refaits,
Vous n'êtes que le restant de vos maux replets,
Qui, hier encore, n'étaient qu'insidieux germes,
Que vos soignes troubles ont mené à leur terme.

Laissez-moi en mon monde où vous n'avez de place,
J'y suis seul, mais, enfin, ne soudoyez ma face,
Pour la faire butineuse des fleurs du mal,
Elle et puis son revers ont déjà leur Saint Graal.

Ne mésestimez pas cette force vitale,
Épistème et sa jouissance abyssale ;
Ne vous endormez pas, veillez, pauvres malins,
Je suis filigrane, vos nuits sont mes matins. »

Et encore…

Multi pertransibunt angebitur artem

« Projeter en son intérieur le logos
De l'humanité, enfin ce qu'il en reste,
C'est être Pierrot entre lune et cosmos,
Créateur, aux fuseaux, gommant la hideur funeste.

Faut-il, chers amis, se montrer pour exister ?
La puissance interne, au sang de la solitude,
Requérant l'absolu, pour le souffle y puiser,
Et le laisser ancrer l'infinie rectitude

Du vers qui établit le lien vers l'étant,
Fait de l'homme retiré le lieu du génie,
L'enveloppe où grandit, dessous le voilement
De ses mots errants, de ses précieux lexies,

La semence immanente, de l'âme, émanant.
Les hommes incultes, aux sons des *requiem*,
En l'amaurose, déambuleront, tremblants,
Multi pertransibunt angebitur artem. »

Pour, enfin, aller…

Là où les caresses ont des reflets d’ombre

« Là où même les caresses ont des reflets d’ombre,
Je t’emmènerai bien au-delà des tombes
Des souvenirs défunts morts au champ des supplices,
Quand je jetais mes cris au vent des sacrifices ;

Et sur les allées où les sépulcres s’alignent,
Pas jetés au pied des stèles qui culminent,
Colonnes montantes implorant le ciel
D’absorber les pleurs de ses passants fidèles,

Qui, au long des temps morts qui jalonnent leur vie,
Déambulent, carcasses, et puis, recrues, prient,
Je serai au mouvant sol des restes perdus,
Follet, dansant, fou, sur la cendre qui fut

Bois vers d’antan, d’un temps qui, consumé, volait,
Fumée, fumerolles, sous le dais des années ;
Je t’emmènerai au-delà des tombes et là,
Sur ce sol mouvant, danse à quatre pas sera.

Les caresses ont des reflets d’ombre et pourtant,
Les limbes où tu t’agites, la fosse où je descends,
Je les éclairerai juste au feu de mes mots,
Et m’éteindrai à la lueur de ce falot. »

Épilogue

Le message dont je me suis fait le passeur et qui guide une forme d'éthique nous invite aujourd'hui à une vigilance accrue et à poursuivre, au quotidien, et, dans un souci de proximité avec les événements et l'histoire du monde, notre combat contre l'injustice.

Il s'agit là d'un devoir éthique, d'un eros civilisateur qui se doit encore et toujours de faire entendre sa voix contre les forces thanatopractrices de notre temps.

Il ne suffit pas de discourir, il est important de montrer le chemin et de laisser à autrui le soin de le prendre, selon son désir. L'idéal serait que chacun le choisisse d'amour.

J'ai le droit de rêver, le rêve est rédempteur.
Laissons-nous aller, amis de la terre, à la

Rêverie

« C'est l'heure où l'horizon éteint son beau décor,
S'envolant en fumées et se noie dans le port,
En rêverie bleutée, au couleur de délire,
En rêverie trompée, au son de tristes lyres.

C'est l'heure où l'horizon cache un front inégal
Dans le cercle de brume où le vide s'étale.
Et dans les rythmes lents, rutilements d'un jour,
La rêverie exalte au ferment de l'amour. »

J'ai erré sur de nombreuses terres à la recherche de ces régions perdues desquelles ma venue au monde m'avait exilé, et la compagnie de créatures de la même nature que moi, c'est-à-dire aimant la justice et combattant, tout comme moi, par les mots plus que par les armes, les horreurs et abominations survenant sur notre terre.

J'espère avoir trouvé en vous, amis lecteurs,

Les consistants piliers de mon imaginaire

« Irruption en vos vies, mes amis de labeurs,
Des maux malins et prégnants lézardant les heures
Qui vous voient grimaçants, offrant ce qu'il vous reste
Au bois, futur portant, et la mort qui vous leste.

Je pleure en vous et vous en moi, Dieu, quel émoi
Me transporte et la haine… entre elle et moi,
C'est le combat, elle m'épuise, mais je la puise
Aux flots damnables, avant qu'elle ne me nuise ;

Et là, mes larmes, en mon eau intérieure,
Se font, au lit des rides, leur place ; et l'ardeur
Qu'elles mettent à coucher, en mes courbes tanées
Par mes années de guerre, par mes succès damnés,

Leur fluide plaintif, leur aqueuse sanie,
Cette ardeur lacrymale est puits qui se tarit.
Je ne m'apitoie plus, mes amis de labeur,
Mon corps est de pierre, mais le roc a un cœur.

À vous, êtres voulant mettre vos vies en vase,
Avant la fin écrite et son ultime phase,
Je transmets ce creuset qui a vu ma fusion,
Au feu de mes démons, de ma calcination.

Sachez, chers amis, que s'y consumer ferait
De vous, copies d'amour, loin de ces cris d'orfraie
Poussés par ces rapaces aux cimes de vos ères,
Les consistants piliers de mon imaginaire. »

Regardez-moi et rappelez-vous,

Même mes reflets sont caresses d'ombre

« Je m'étais endormi auprès de l'être aimée,
Le halo de lumière avait fui en la nuit,
J'avais cru vaincre, là, par cette mort, uni
À son éternité, le mal qui me rongeait.

Mes caresses ne portaient que le vide en elles,
Leurs reflets, en leur ombre, dansaient, évanescents,
Je n'étais, étendu là, que corps ancien rebelle,
Jetant ses liquides au linceul des tourments.

Mais je ne suis pas mort, la faux est dans son antre,
La vie me veut ici, toujours, merci à elle ;
Je ne suis pas mort, la faucheuse peut attendre,
Les combats du jour ne se gagnent pas au ciel.

Mes caresses sont là, lamies en leur satin,
Mes reflets puissamment en leur intégrité,
Peut-être que la mort n'a pas encore besoin
De mon jus, de mes sucs en sa perpétuité.

Je sens en moi toujours le souffle correcteur
Pouvant annihiler les énergies si sombres
Qui hantent mes miroirs usés tels jeux de leurres ;
Là, même mes reflets sont des caresses d'ombre.

Je tremble comme le feuillu au vent d'automne
Offre à l'air méchant tout son bois qui se délite,
Mon feulement fait écho à ce mal qui tonne,
Car il renaît, c'est sûr, en le Styx qui s'agite. »

Il faut savoir souffler, reprendre ses esprits.
Le combat est long, peut-être même jamais terminé, hélas ;
Le vilain est partout, mauvaise herbe persistante en nos jardins fleuris.
Alors, si je le peux, non, si nous le pouvons, accordons-nous une

Césure

« Je laisse là, présent, au Styx grouillonnant,
Mon corps réel, celui qui veille au grain, présent,
Pour mener au tamis, vers une mort certaine,
Ces barbacanes-là, ces gargouilles hautaines,

Comme celles peuplant le haut des cathédrales,
Lançant, grisâtre allégorie, l'ultime râle.
Je laisse filer l'espace qui s'évapore
Vers un monde de songes où mes traits, mon port

Charonesque prennent une pause valant
Tout son pesant d'or et puis sa volée d'argent.
Je suis loin du fracas, pourtant si près encore,
Mais le temps d'un souffle, je vole et puis alors

Mon corps n'est plus au pied de ses hydres puantes,
Il a posé ses guêtres au lit des infamantes,
Laissant libres ses jambes d'aller au port d'aisance,
Retrouver Aphrodite et ses belles semences.

Le temps d'un souffle court, d'un frisson qui s'enfuit,
Je suis Phénix, au terreau des êtres chéris,
Nouvelle exhalaison, odorante effluence,
Lavant par son inclination la pestilence.

Oh ! combien sont précieuses ces secondes ténues,
Avant que Charon ne revête sa tenue ;
Le rêve a de cela, et le songe y souscrit,
Il m'offre le Rhin beau quand le Styx est maudit. »…

Pour mieux repartir de l'avant, car, déjà au loin, dans nos ciels de vie, comme un fourmillement de vermines… apparaissent à nouveau des

Étoiles noires

« Feux d'avant, morts éteints, à l'eau bien dévolus,
Ils étaient destinés à l'oubli salvateur
Qui nettoie les racines des arbres, des cœurs
De nos forêts d'amour souillées au temps perdu.

Mais de cette eau à la platitude sereine,
Où les molécules dansent, graciles, légères,
Dans leurs rondes, filtre le creux aquifère,
Duquel ont surgi les fourbes en notre arène ;

Ils sont là, virevoltants, comme puces d'eau
Au sortir de l'hiver, en leurs nouvelles peaux,
Mues laissées au chagrin de leur père Styxien,
Qui les voulait en lui et qui les rend aux miens.

Et je vous ai donné, en mes beaux vers d'avant,
Dans mes textes où, jeune encore, oiseau volant
De froid en lueurs, en scènes d'enfance,
Mes rêves d'alors comme fermes substances.

Mais mes pleurs sombrent en leurs sombres repères,
Et mon fluide voudrait noyer cet éphémère
Retour que je voudrais de ces êtres lubriques ;
Mais ceux-ci n'ont cure de mes vaines suppliques.

Ils viennent, puis naviguent tels poissons difformes,
Entre mes doigts et maillons qui, ma nasse, forment,
Me narguant, astéries, purulentes laideurs,
Que puis-je, démuni, pour vaincre leur ardeur ?

Alors, me revoilà, Charon le combattant,
Qui surveille le Styx et ses mauvais relents ;
Où donc se traîne mon astre, en quel mouroir ?
Feu soleil… éclipsé par ses étoiles noires. »

Mots philosophes

« Au marbre gravé, les mots me seront fidèles ;
Compagnons inlassables de mes jours filants
Le long des raies du temps gardant l'âme éternelle,
Ils sont philosophes, en schèmes, consistant.

Poussez les égarements aux oublis de l'ère
Où ma défroque-là ne se sent plus à l'aise,
Prisonnière qu'elle est de chaîne, de fer.
Où est l'entendement aux cachots d'exégèse ?

Acculez, vocables penseurs, les errements
À l'amnésie totale d'*anima* au corps
De fluesque absence, perpétuel pourtant.
Où est l'entendement aux geôles de massore ?

Soufflez, chers épîtres, aux oreilles des maux,
Que les mots philosophes, qui, en traits, s'étirent,
Vaincront le mal tyran et puis son ost de sots.
Où est l'entendement au bagne de satires ?

Ce que j'écris me sauve et, ce, depuis le jour,
Où, frêle adolescent, les mots jodlaient en moi,
Affermissant le trait et puis tout le pourtour
De cet entendement qui dort en son trépas. »

Je ne vous embêterai plus, je vous le promets ; je me dois de fuir vers un ailleurs pour trouver la force d'exister le temps filant restant et qui me consume.

Syndérèse

« Néfaste ; enlaidissant tout ajour de l'âme,
Au jardin d'hérésies, vous exaltez, bimanes ;
Nés, fastes, êtres… mais reste de syndérèse
Flotte au vent, mais si loin, si loin du sein d'Érèse,

Où vécu *Phainias* et ses ouches de rêve,
Philosophe enjolivant l'écorce, la sève,
Jusqu'en son éden, par amour et passion ;
J'eusse cru que ceux-ci vivraient en nos raisons.

Mais non, pleurs, coulez sur nos pentes décharnées,
Et les bordées où louvoient vos esquifs salés,
Feront tant de rides à la trogne du monde,
Que le destin de l'hère se fera en sa tombe.

J'ai la douleur au temps qu'il me reste à survivre,
Jour, de révolte, ivre, nuit de songe en mes livres ;
Voyez l'homme que vos morales désincarnent,
Aux sources de ses larmes, vous écurez vos carnes.

Néfastes, enlaidissant tout ajour de l'âme,
Vous torturez, en vos clôts de folie, bimanes ;
Né, faste, j'étais, penseur, Ô Syndérèse,
Je confie mes restes à ce bon Saint d'Érèse. »

Vivez, Amis lecteurs, en vos printemps de joies ;

Explosez vos pores en la vie salvatrice.

Je m'enfuis, moi, en ce miroir cassé,
où mon teint s'évapore et mon être se délie ;
Je pars, en mon hiver, chercher d'autres folies.

Fuyez, portes du temps

« Quelques flocons d'une neige frivole s'agitent,
Petits danseurs d'un ballet où larmes s'invitent,
Un peu d'hiver enfin en mon ciel s'étend,
Lance ses grains frileux, fuyez, portes du temps !

Tout s'amenuise. Les contours de la vie en
Derme de chagrins sont ; fuyez, portes du temps,
Et vos clés oubliées, en l'antre de Psyché,
Que nulle catharsis ne saura retrouver,

Dorment maintenant, et c'est très bien ainsi,
En ces lieux où les ombres fusent sans bruit.
Quelques flocons d'une neige caressent, là,
L'aube et son visage qui vivent, que je vois

Se vêtir de blanc et l'écume de mes jours
Se gonfle et à mesure que vibrent ses atours,
Sous l'offensive dure de la glace folle,
Je me drape et me voilà me levant du sol.

Quelques flocons d'une neige frivole s'agitent,
Petits danseurs d'un ballet où larmes s'invitent,
Un peu d'hiver enfin en son ciel reprend
Ces bouts de soie floche… Ballez, portes aux vents. »

Et mon train file…

« Et ce soir-là, à la gare d'oubli, l'encre
De la nuit s'étalait recouvrant tous mes manques.
Pourtant, tout était clair, les rails étaient ancrés,
Le feu brûlait en moi, par-dessus… il neigeait. »

Sens et esprit

« Donnez raison aux actes dans vos mondes là,
Vous, hommes établis, enfin, hommes d'avant,
Car dégénérés canidés, êtes présents
Dans vos jungles, nos prisons, nos tranchées de croix.

Ayez le courage de regarder en face,
Fixité dans les yeux, sans replis oculaires,
Véneries déferlantes ou loup solitaire,
Les pupilles dilatées de vos proies en carcasses.

Leurs pleurs coulent, miséreux, futurs lacs salés,
En vos forêts aux branches comme mort dressée ;
Vos étendards sanglants ont de cela en eux,
Ils absorbent en leurs fibres cruor séreux.

Vos bannières sont comme croix gammées ; l'aigle
De sinistre mémoire, est-il en train, hélas,
D'un fortin détruit où une sinistre face,
Explosante en un temps, avait perdu ses ailes,

De lancer ses rémiges comme des oriflammes,
Symboles d'un renouveau, de ceux que l'on damne,
Rayons d'un soleil noir dans un voile sombre ;
Elles claudiquent vos pâtures, pleurant l'ombre.

J’ai beau gratter la terre où erre ma substance,
Dure est la réalité, je n’y trouve sens,
Où sont les germes bons excoriant la folie ?
Le diable se délecte du suc de l’esprit. »

Elle n’est plus fraîche, cette terre de la modernité de ce vingt et unième siècle s’étirant, ni fraîche, mais humide.

Hésitant, j’ai passé la main sur sa surface. Le sol transpirait…

Le retour du mal

Mais, dans un futur pas si lointain,

Au hasard d'une allée

« Au hasard d'une allée, couché je serai là,
Étendu, à la terre tout mon corps voué,
Et le sang qui, avant, en mes veines coulait,
Ce sol nourricier de son jus abreuvera.

Les racines, ma mue sèche, caresseront,
Quand, à l'air, les fleurs, les pleureurs, consoleront.
La Toussaint si fleurie ne dure que l'espace
D'une larme qui coule, d'une larme qui passe.

Seront là les aimants dans leurs habits usés
De s'être vus portés à tant d'enterrements,
Et dont les pas si lourds et pourtant si feutrés,
Marqueront le seuil dur de mon confinement.

Jusqu'à ce jour où plus personne ne sera
À jeter larmoiements sur mon vide en ce trou,
la solitude aimée de ma vie, de mon tout,
sera la pleine compagne de ce rien-là.

Au hasard d'une allée, couché je serai là,
Les fleurs auront fané, les ronces, les orties
Joncheront le jardin des souvenirs tant las
De s'être vus portés par mon livre de vie ».

La poésie a toujours été pour moi une leçon d'humanité. Sa beauté réside dans sa générosité, dans son refus de la laideur, de la haine, de la raison arbitraire.

Comment un cœur de poète peut-il accepter tant de violence, tant d'injustice ?

« Salam Gaza », 2010, de Tahar Bekri

Table des matières

Imprimé en France
Achevé d'imprimer en juillet 2025
Dépôt légal : juillet 2025

Pour

Le Lys Bleu Éditions
40, rue du Louvre
75001 Paris

Achevé d'imprimer chez SoBook le 07-08-2025
Linselles - France

Nos papiers sont issus de forêts gérées durablement

N° impression : 983 262